Numéro de Copyright

00071893-1

Ce roman est une fiction.
Toute ressemblance avec des faits réels, existants ou ayant existé, ne serait que fortuite et pure coïncidence.
Le Code de la propriété intellectuelle interdit les copies ou reproductions destinées à une utilisation collective. Toute représentation ou reproduction intégrale ou partielle faite par quelque procédé que ce soit, sans le consentement de l'auteur ou de ses ayants droit ou ayant cause, est illicite et constitue une contrefaçon, aux termes des articles L.335-2 et suivants du Code de la propriété intellectuelle.

LE PIÈGE

Roman

Octobre 2021

« *San Pedro de Rozados* »

Auteur :
José Miguel RODRIGUEZ CALVO

« À nos petits Anges »

© 2021 Jose Miguel Rodriguez Calvo
Édition : BoD - Books on Demand
12/14 rond-point des Champs-Élysées, 75008 Paris
Impression : BoD - Books on Demand, Norderstedt, Allemagne
ISBN : 9782322400973
Dépôt légal : Novembre 2021

LE PIÈGE

Roman

Auteur :
José Miguel RODRIGUEZ CALVO

Synopsis

À Berlin, la vie des deux sœurs Meyer, va connaître un fulgurant bouleversement, à la suite d'un banal rendez-vous. Luna et Karla, vont expérimenter les situations les plus incroyables et dramatiques, aux mains de deux dangereux fugitifs. Elles vont se retrouver en Roumanie, captives de gangs mafieux sans scrupule, et subir les pires traitements et supplices de leur jeune vie.

LE PIÈGE

1

Berlin (Allemagne)

Appartement des « *Meyer* », tout près de « *Alexanderplatz* »

— Allez vite, vite ! Dépêche-toi, nous allons encore être en retard !
C'est toujours pareil avec toi, tu n'as jamais fini de te pomponner !
— Une seconde, quoi ! Quelle impatience, c'est pas possible ! J'ai presque terminé.
Nous sommes à Berlin, près « *d'Alexanderplatz* », dans l'appartement des « *Meyer* ». Il est dix-sept

heures, et le jour commence déjà à tomber, par cette morose et hivernale journée de janvier.

« *Luna Meyer* », qui depuis sa plus tendre enfance, rêve de devenir artiste, court les castings et vient tout juste de décrocher un rendez-vous chez un producteur à Berlin.

Elle se rend euphorique à son entrevue, accompagnée de sa grande sœur « *Karla* », débordante d'espoir.

— Cette fois, c'est la bonne ! Dit-elle, sûre, je le sens

Après avoir emprunté la ligne U7 du « *U-Bahn* » (métro Berlinois) jusqu'au terminus, dans le quartier « *Berlin-Rudow* », banlieue pavillonnaire cossue du sud-est de la métropole, elles empruntent à pied « *Neukoller Str.* » pendant une centaine de mètres et s'engagent à droite sur « *Schonefelder Str.* », déserte à cette heure de l'après-midi, puis remontent la rue pendant environ trois cents mètres.

— Voilà, c'est là ! Nous y sommes ! s'exclame anxieusement Luna qui n'arrive plus à contenir ses nerfs.

— C'est quel numéro exactement ?

— Une seconde ! J'ai noté l'adresse exacte sur mon carnet.

Elle sort son agenda de son sac à main et cherche anxieusement la page.

— Attends ! Je n'arrive pas à me relire, 31A ou 31B, j'ai un doute maintenant.

— Ah ! Toujours pareil ! Aussi désorganisée.

— Bon ! On essaie « *le 31A* » on verra bien, qu'est

ce que t'en penses ?
Luna acquiesce d'un signe de la tête et active frénétiquement le bouton de l'interphone. Personne ne répond, elle insiste et s'acharne sur cette satanée sonnette sans le moindre résultat.
— Calme-toi ! Un peu de patience bon sang !
Finalement, elles entendent des pas, quelqu'un approche de l'entrée.
Un homme brun, barbu, d'environ la cinquantaine, entrouvre légèrement la porte et demande.
— Oui, c'est pourquoi ?
— Nous venons pour le casting, enfin seulement moi, ma sœur m'accompagne.
— Le casting ? Quel casting ?
À ce moment, une voix l'interpelle depuis l'intérieur.
— Oui ! Fais-les passer, c'est ici.
Luna et Karla, pénètrent dans la maison et empruntent un long couloir.
— Allez-y c'est tout au fond, on vous attend !
Leur indique le curieux individu.
Elles s'exécutent à l'instant, tout en ressentant un étrange mélange d'excitation et d'inquiétude, puis arrivent dans une pièce à la décoration vieillotte, ornementée ici et là, de quelques cadres de scènes de chasse à courre, avec juste une commode, une table basse et quatre chaises des années cinquante.
— C'est quoi cet endroit ? chuchote Karla à sa sœur.

— Oui c'est étrange, il n'a pas l'air très branché, le producteur, c'est le moins que l'on puisse dire.
— Attendez là, on viendra vous chercher !
Ordonne le singulier hôte.
— Dis, on est où là ? demande Karla, t'es sûre que nous sommes bien chez ton cinéaste ? J'ai un doute, je t'assure, je ne suis pas vraiment rassurée.
— Oui, t'as raison, moi non plus, c'est un drôle d'endroit, c'est la première fois que je suis reçue dans un lieu pareil, pas même une secrétaire, pas la moindre photo ou « *poster* » sur les murs, et puis ce silence... Ce type n'a pas l'air de faire partie de la profession.
— Oui, pour tout dire, moi, il me fait peur.
— Attends, on verra bien après tout, ces gens sont toujours un peu excentriques et originaux, ça fait partie du métier.
— Oui sûrement, mais je t'assure, je ne suis pas rassurée, j'ai vraiment envie de partir d'ici, il commence à être tard, et nous devons encore reprendre « *l'U-Bahn* » insista Karla.
— OK ! D'accord, si dans cinq minutes il n'est pas là, on se tire.
Luna et Karla, qui ont respectivement dix-sept et dix-neuf ans, sont les deux seules enfants des époux « Meyer ». Originaires de l'ancienne RDA, ils se sont rapidement enrichis après la réunification en 1990.

« *Erwin Meyer* » fonda une entreprise de travaux publics, devenue florissante, par le fait que tout était à reconstruire et à moderniser dans les territoires de l'est. Les deux sœurs, étaient pour tout dire, de vrais enfants gâtés. Elles avaient fréquenté les meilleures écoles privées et poursuivaient désormais leurs études dans les établissements d'élite de la ville. Quant aux loisirs, elles bénéficiaient abondamment des largesses de leurs parents. Karla, la plus âgée était la plus assidue. Sa sœur cadette, plus dissipée, n'avait qu'une idée en tête, devenir à tout prix une vedette dans le « *Show-biz* ». Pour elle c'était son seul but, quant aux études, elles étaient secondaires, au grand dam de leurs parents qui ne ménageaient pourtant pas leurs incessants efforts.

2

Les deux sœurs sont prêtes à partir, lorsque la porte s'ouvre brusquement, et un autre homme apparaît. Il est grand et athlétique, il a environ la trentaine et arbore sa tête complètement rasée.

— Alors ! Qui est la vedette ?

— Luna lève timidement son doigt.

— Bien, nous allons voir ça, suis-moi s'il te plaît.

Luna s'exécute et lui emboite le pas en essayant de réprimer son inévitable sentiment d'appréhension.

Karla reste seule dans la singulière salle d'attente.

Au bout d'un moment, elle se lève et fait les cent pas.

L'inquiétude envahit tout son corps, son instinct lui enjoint avec insistance de ne pas rester là.

Elle se décide à partir, se lève, et marche en direction de la sortie, puis reprend le long couloir qui mène à la porte extérieure, tout en culpabilisant de laisser sa sœur à l'intérieur, mais elle se dit qu'elle pourrait demander de l'aide si besoin.

LE PIÈGE

À peine engagée, elle aperçoit le sinistre « *barbu* » planté en travers de la sortie.
— Elle va où ! la petite demoiselle ?
Karla se figea, le souffle coupé. En quelques secondes les pires images envahirent son subconscient. Qu'allait-il lui arriver ? C'était un mauvais rêve, elle allait se réveiller.
Et Luna, elle était où Luna, sa petite sœur ?
Le « *barbu* », d'un air menaçant lui ordonne de retourner s'assoir, ce qu'elle fit immédiatement sans rechigner.
Dans une autre pièce, Luna se trouve maintenant en très mauvaise posture.
Le gars à la tête rasée, l'a attachée, bâillonnée et entravée, sans lui laisser le temps de réagir.
Terrorisée, elle est en état de choc, incapable même de penser.
Solidement ligotée à une chaise avec du ruban adhésif, elle est dans l'impossibilité de faire le moindre mouvement. Au bout d'un moment, elle essaye malgré tout, de retrouver ses esprits.
Le type reste assis dans un coin sans prononcer le moindre mot, puis sort son mobile de sa poche, cherche dans son répertoire et passe un appel.
L'individu s'exprime en une langue que Luna ne comprend pas, mais en tout cas, c'est du russe ou du polonais ou bien du roumain, elle n'arrive pas à

déterminer son origine, mais à coup sûr, une langue de l'Europe de l'Est.
Son inquiétude grandit à mesure que le temps passe, et puis elle pense à Karla restée seule dans l'entrée.

Elle n'allait pas tarder à le savoir. Quelques minutes après, la porte de la chambre s'ouvre dans un grand fracas, et ses craintes deviennent désormais réalités.
Le gars barbu fit irruption dans la pièce, poussant devant lui sa sœur ligotée et bâillonnée comme elle.
Pourtant, Karla ne s'est pas laissé faire, elle s'est férocement défendue, l'homme porte sur son visage et ses mains les stigmates des griffures assenées par la jeune fille, qui avait courageusement défendu son intégrité jusqu'à l'extrême limite de ses forces.
Les deux sœurs se trouvaient désormais entre les mains de leurs ravisseurs, totalement à leur merci.
Mais que se passait-il ? Dans quel traquenard étaient-elles tombées ? Que leur réservait-on, et puis pourquoi elles ? Ça n'arrive que dans les mauvaises séries, ça ne pouvait pas être réel, non, c'était un véritable cauchemar.
Et pourquoi ces deux types ignobles et détestables à souhait, habitaient-ils à cet endroit qui paraissait au premier abord si calme et parfaitement impassible ?
Cet aimable quartier de Berlin où l'on pouvait croiser aussi bien de nouveaux riches que de paisibles retraités qui y avaient mis les économies de toute leur longue vie, pour s'offrir leur coquet pavillon...

3

Chez les « *Mayer* », on commence sérieusement à s'inquiéter, il est près de vingt et une heures, elles devraient être rentrées depuis longtemps, s'interroge « *Emma* » leur mère.

« *Erwin* », le père arrive tout juste de son travail.

— Chéri, je suis très inquiète, les filles sont parties cet après-midi à un rendez-vous pour un casting et elles ne sont toujours pas là, j'ai tenté de les joindre mais à chaque fois j'ai leurs messageries.

— Quand sont-elles parties ?

— Vers dix-sept heures environ.

— Et connais-tu l'adresse ?

— Non ! Luna m'a juste dit qu'elles allaient chez un producteur pour un casting, mais je n'en sais pas plus, ni son nom, ni le lieu.

Elle m'a juste dit que, ça avait l'air sérieux.

Erwin tente à son tour de joindre ses deux filles à plusieurs reprises, sans succès.

La situation devenait de plus en plus angoissante.
— Erwin, il faut faire quelque chose.
— Ne nous affolons pas, elles ont peut-être un problème de transport, tu sais bien que c'est très fréquent, nous allons patienter, si dans une demi-heure elles ne sont toujours pas arrivées, nous prendrons nos dispositions.

Emma accepte à contrecœur cette anxieuse attente, et demande à « *Mathilda* », leur employée de maison, de dresser la table pour le dîner.

Le temps passe inexorablement, et toujours pas le moindre signe de leurs enfants.

— Nous allons appeler chez leurs amies, je suis certain qu'elles sont avec elles. Qui sait, Luna a peut-être décroché un rôle et elles sont en train de fêter l'évènement. Tu la connais, elle a toujours été tête en l'air et le moindre de ses soucis est de nous prévenir.

— Oui, je suis d'accord, mais Karla ne nous aurait pas laissés sans nouvelles.

Tour à tour, ils contactèrent toutes leurs connaissances sans le moindre succès. Personne ne les avait vues ce soir-là.

En désespoir de cause, Erwin finit par appeler le « *Polizeirevier* » (Commissariat de Police).

Le « *Polizeikommissar* », commissaire de service, tenta de les rassurer.

— Vous savez, nous avons tous les jours ce genre de cas. Aujourd'hui, la jeunesse est insouciante, ils n'ont qu'une idée en tête, s'amuser.

L'inquiétude qu'ils peuvent causer aux parents est vraiment le dernier de leurs soucis.

Nous allons cependant vous envoyer une patrouille, mais ne nous inquiétons pas trop, je suis certain qu'elles vont rentrer sous peu.

Erwin fut un peu surpris par la désinvolture avec laquelle le commissaire avait considéré son appel, mais au fond de lui il espérait qu'il eut raison.

4

Au « *31A* » de « *Schonefelder Str.* », les deux filles avaient été emmenées au sous-sol de la vaste maison et confinées dans la buanderie, solidement attachées à la tuyauterie. On leur avait tout juste apporté un matelas posé sur le sol, où elles pouvaient s'assoir ou s'allonger. Cette minuscule pièce se trouvait tout au fond de la cave, sans la moindre ouverture donnant à l'extérieur. Une véritable panique gagnait leurs esprits à mesure que le temps passait. Dans la maison, le geôlier, au crâne rasé, visiblement le leader, s'acharnait sur son téléphone, essayant de joindre sans succès, un mystérieux interlocuteur. Quant à son complice, il avait pour unique tâche de s'occuper de la surveillance des filles. Bientôt, elles se manifestèrent en donnant des coups sur les canalisations.
Le barbu descendit.
— Qu'est-ce qui se passe, nom de Dieu ? C'est quoi ce raffut ?

LE PIÈGE

Il décolla légèrement le ruban adhésif qui entravait la bouche de Karla.
— Nous devons aller au petit coin.
— Ok ! Une seconde, pas de précipitation, mais une à la fois.
Il détacha Karla qui était la plus virulente.
— Allez ! Toi, viens on y va !
Puis ce fut le tour de Luna. Vingt minutes plus tard, il était de retour avec deux sandwichs et une bouteille d'eau.
— Tenez, avalez ça, et en silence. Je vais vous retirer les bâillons, mais je vous préviens, la première qui s'avise de crier ou fait le moindre bruit ne sortira pas d'ici vivante, c'est bien compris ?
Les deux sœurs, tétanisées, avalèrent leur maigre repas dans le silence le plus complet. Pourtant, Karla s'arma de courage et demanda.
— Pourquoi vous nous retenez ici ? Nous sommes simplement venues pour le casting, vous devez faire erreur, par pitié laissez-nous partir, nous ne dirons rien, soyez rassurés. Le gardien, impassible, ne répondit pas, et il les entrava de nouveau.
— Restez tranquilles et tout ira bien pour vous, sinon !
Il sortit un couteau de sa poche qu'il avait trouvé dans la cuisine, et plaça la pointe de la lame d'acier sous la gorge de Karla. Celle-ci faillit s'évanouir. Il referma nerveusement la porte du local puis rejoignit son acolyte.

5

« Prison de Plötzensee »

Deux jours avant, nos deux complices, « *Danut Berbec* », le type aux cheveux rasés et « *Ovidiu Russesco* », le barbu, tous deux détenus à la Prison de « *Plötzensee* », s'étaient évadés à l'occasion d'un transfert chez le juge.

Les deux détenus d'origine roumaine, se trouvaient en prison préventive, avec de lourdes accusations : Le meurtre d'un routier, sur une aire d'autoroute, vol et blessures avec armes dans un supermarché, menaces et intimidations, délit de fuite etc.

Les deux fugitifs, « *Danut Berbec* » et « *Ovidiu Russesco* » ne sont pas de simples malfrats, ils appartiennent à une vaste organisation mafieuse roumaine, bien implantée en Allemagne, ainsi que dans d'autres pays d'Europe, déplorablement connue pour de multiples délits dans la région, tous liés à un certain Caïd, « *Traian Lupesco* », qui pilote tout son vaste réseau depuis « *Bucarest* ».
Dans leur fugue, ils avaient réussi à échapper à la police en se réfugiant chez un couple de sexagénaires, au 31A de « *Schonefelder Str.* ».

Les faits :

Vers dix heures du matin, les deux prévenus sont conduits pour une audition dans le bureau du juge « *Schmidt* » au Tribunal « *Neues Kammergericht* », situé « *Elssholzstrasse, 31* ».
Tout se passe normalement, mais à la fin de la déclaration, au moment où ils vont être de nouveau menottés pour le retour, les deux malfrats bousculent les policiers et réussissent à s'enfuir en dévalant l'escalier qui les mène à la sortie.
Une fois à l'extérieur, ils s'engouffrent dans l'U-Bahn et arrivent au terminus de la ligne U 7.
Là, ils cherchent une possible planque dans cette rue paisible et peu fréquentée. Ils marchent au hasard

jusqu'à la maison des « *Schneider* » nos deux paisibles retraités du « *31A Schonefelder Str.* ».

« *Berbec* » actionne le bouton de l'interphone et Monsieur « *Schneider* » vient ouvrir la porte.

Il est aussitôt violemment poussé à l'intérieur, et chute lourdement sur le carrelage du couloir.

« *Russesco* » pénètre à son tour dans la maison et referme rapidement la porte derrière lui.

« *Berbec* » prend une statue en bronze posée sur le petit meuble de l'entrée et assène plusieurs coups férocement sur le crâne du retraité qui se trouve à terre.

Madame « *Schneider* », alertée par le bruit, arrive à son tour.

Elle pousse un cri en voyant son époux la tête couverte de sang, et les deux individus à ses côtés.

Elle est immédiatement maitrisée par « *Berbec* », et son complice lui porte un violent coup-de-poing au visage.

Madame « *Schneider* » s'effondre immédiatement sur le sol et « *Russesco* » lui cogne brutalement la tête à maintes reprises sur le carrelage.

Les deux époux sont maintenant à terre, mortellement blessés.

Les assassins inspectent minutieusement chaque pièce à la recherche d'un éventuel témoin, puis s'assurent à travers les fenêtres que personne à l'extérieur ne s'est aperçu de leur présence.

LE PIÈGE

Ils vont passer le reste de la journée dans la maison, à nettoyer minutieusement les traces de leurs méfaits, et vont dissimuler les corps des infortunés retraités.

Ensuite, « *Berbec* » va essayer sans succès de contacter un complice qui pourrait les tirer de là.

Il est presque dix-huit heures et Luna et Karla arrivent devant la porte puis activent l'interphone.

6

Vers vingt-deux heures, une patrouille de police se présente chez les « Meyer ».

— Bonsoir, avez-vous eu des nouvelles de vos deux filles ?
Demande l'inspecteur.

— Non toujours rien, nous avons essayé de contacter toutes leurs connaissances et aussi les hôpitaux, mais pas la moindre trace.
Nous sommes très inquiets, ça ne leur ressemble pas, c'est la première fois que ça leur arrive.

— Bien ! Pouvez-vous nous énumérer les faits dans

les moindres détails ?

Le couple Meyer fait une déclaration minutieuse aux policiers, des circonstances du départ de leurs filles, en leur fournissant les moindres détails sur la sortie, la raison et les horaires, mais aussi les noms et adresses de leurs amis.

Cependant, ils sont dans l'impossibilité de donner le nom ou le lieu du rendez-vous avec le producteur, chez qui Luna et sa sœur devaient se rendre, même s'ils avaient fouillé minutieusement sa chambre et ses affaires, à la recherche du moindre indice ou document sans succès.

— Bien ! Nous allons immédiatement lancer une demande de recherche pour disparition inquiétante. Avez-vous des photos récentes de vos enfants ?

— Oui, bien sûr !

— D'accord, nous allons sans le moindre délai lancer une enquête, nous informons tout de suite le commissariat. De votre côté prévenez-nous si vous avez des nouvelles.

Les deux policiers firent part des faits à leur hiérarchie, qui déclencha sans délai les investigations, même si elles s'avéraient un tant soit peu précipitées, difficiles et complexes étant donné, qu'ils ne disposaient d'aucun élément concret sur le lieu où les filles avaient pu se rendre, dans cette immense métropole.

La nuit passa sans la moindre nouvelle. Pour les époux Meyer, ça devenait insupportable. Ils restèrent constamment à proximité de leur téléphone, attendant un hypothétique appel qui n'arriva jamais. L'inquiétude gagnait leurs corps et leurs esprits, et la fatigue devenait insupportable malgré la quantité démentielle de café absorbé.

Au petit matin, Monsieur Meyer contacta le commissariat, mais les recherches de la nuit avaient été vaines.

La journée passa, sans aucune nouveauté.

Où étaient-elles ? Que s'était-il passé ? On ne disparaît pas comme ça sans laisser la moindre trace.

Les Meyer étaient désespérés, morts d'inquiétude. Ça ne pouvait pas leur arriver, pas à eux, c'était inimaginable, un vrai cauchemar. Ils allaient se réveiller, c'était sûr.

Dans la soirée, mort d'inquiétude, monsieur Meyer se rendit au commissariat pour parler au commissaire de vive voix.

— Connaissez-vous le producteur chez qui elles avaient rendez-vous ?

— Pas du tout, Luna ne nous donne jamais aucun détail sur ses castings, elle a toujours été très secrète et indépendante.

— Ça ne nous aide pas, avez-vous une idée du nombre de personnes qui travaillent dans le milieu du cinéma à Berlin ? Sans compter les soi-disant professionnels qui ne sont que de simples amateurs qui gravitent dans ce genre de business…

LE PIÈGE

Mais bon rassurez-vous, nous allons essayer de faire tout notre possible pour déterminer avec qui elles avaient rendez-vous.

Cependant, je ne vous cache pas que la piste d'un éventuel producteur connu me paraît improbable, il faudra hélas s'attendre à un possible enlèvement, ou séquestration.

Nous allons envoyer une équipe à votre domicile, qui mettra votre téléphone sur écoute et vous guidera de la marche à suivre, en cas de contact d'éventuels ravisseurs.

— Très bien, mais j'espère que vous n'abandonnez pas d'autres possibles pistes !

— Soyez rassuré, Monsieur Meyer, on ne négligera rien, je peux vous l'assurer.

À peine une heure plus tard, trois fonctionnaires étaient là, et s'affairaient à mettre en place le sophistiqué dispositif d'écoute téléphonique.

L'inspecteur leur donna les instructions précises en cas de contact avec les ravisseurs. Ils devaient absolument les faire parler suffisamment longtemps pour qu'une localisation de l'appel soit possible par les services concernés.

7

Berbec, avait enfin réussi à joindre son interlocuteur. Il était quelque part dans Berlin, c'était un complice de la vaste bande de « *Traian Lupesco* ».
Il lui avait expliqué la situation, le meurtre des deux époux « *Schneider* » et la présence imprévue et inopportune des deux filles.
— Ne vous affolez pas, j'attends des ordres du chef. En attendant, surtout, ne les touchez pas, elles vont nous être très utiles, nous allons vous sortir de la rapidement, mais surtout, restez discrets, personne ne doit s'apercevoir de votre présence.
— D'accord, mais faites au plus vite ! Ici, la situation peut se compliquer d'un instant à l'autre.
Berbec transmît les instructions à Russesco, mais il ne pouvait cacher son inquiétude. Un familier ou un voisin pouvait se présenter à n'importe quel moment à la porte et découvrir la situation, et là, leur cavale

prendrait fin avec les lourdes conséquences pour nos deux sinistres individus.

Mais surtout, il ne comprenait pas l'injonction qui leur avait été donnée concernant les filles, ils ne pouvaient pas les laisser en vie, elles avaient vu leurs visages, ce qui pour eux serait la certitude d'être immédiatement confondus, et rapidement arrêtés.

Dans le sous-sol, Luna et Karla se morfondaient. Que pouvaient leur vouloir ces hommes ? Allaient-ils les violer, ou pire encore les tuer ? Ou plus probablement les deux, et certainement leur faire subir les pires sévices et souffrances.

Leur avenir était noir, elles ne reverraient plus leurs parents, leur famille, leurs amis, elles allaient disparaitre c'était sûr. Elles allaient mourir.

Si Berbec suivait à la lettre les consignes concernant les deux prisonnières, il en était tout autrement de son complice, qui profitait de la moindre occasion, notamment lors de chaque visite dans leur sinistre cachot, pour essayer de les agresser sexuellement par des caresses ou attouchements.

Luna et Karla étaient complètement à sa merci, dépendant entièrement de lui pour leurs besoins intimes et leurs repas.

Quant à Berbec, elles ne le voyaient jamais, il restait à l'affut de tout ce qui pouvait se passer à l'extérieur, préoccupé pour leur sécurité.

Une nouvelle journée passa, et la nuit suivante, elles décidèrent de tenter quelque chose pour échapper au funeste destin qui leur était destiné.

Karla, qui avait déjà réussi à desserrer légèrement l'entrave de ses poignets, finit par rompre le ruban adhésif en le frottant énergiquement sur un support de tuyau, puis elle essaya de défaire l'énorme nœud de la corde qui la maintenait solidement attachée par les pieds à un robuste crochet du local.

Elle était enfin libérée de ses liens et s'empressa de délivrer sa sœur Luna, mais il fallait encore réussir à ouvrir la porte de la buanderie.

Elles cherchèrent dans chaque recoin de la pièce, un outil ou un objet métallique qui pourrait leur permettre de parvenir à leurs fins.

C'était peine perdue, il n'y avait rien qui puisse leur servir à ouvrir cette satanée porte.

Karla décida de bouger le lourd lave-linge pour inspecter la partie arrière, elle demanda à sa sœur de l'aider à déplacer légèrement la machine et la décoller du mur.

— Bingo ! S'exclama-t-elle.

En effet, elles aperçurent un vieux tournevis tombé là et oublié sans doute depuis bien longtemps.

— Nous sommes sauvées ! Nous allons enfin pouvoir sortir d'ici ! ajouta Luna.

Aussitôt, elles s'acharnèrent à faire levier pour essayer de forcer la serrure, mais rien ne bougeait, la porte était trop solide.

— Attends, j'ai une idée ! annonça Luna, et si l'on démontait les charnières de la porte ? Je l'ai vu faire dans un film.
— Oui, bonne idée ! Nous allons essayer, on verra bien.
Elles s'attelèrent à défaire une à une les vis qui soutenaient les gonds de la porte.
Au bout d'une demi-heure, elles parvinrent enfin à déboîter la porte et sortir de leur exigu réduit.
Elles se trouvaient maintenant dans le vaste sous-sol.
— Vite, cherchons une sortie ! signifia Luna.
— Là, regarde ! Il y a une porte, on va voir où elle mène, il y a peut-être une sortie derrière.
Karla tourna la clenche, et elle s'ouvrit. La pièce était dans le noir le plus complet, elle tâtonna avec sa main sur le côté du mur et trouva l'interrupteur.
Elle l'actionna, et soudain, poussa un cri.
Luna accourût aussitôt.
— Qu'est-ce qui se passe, qu'est-ce que t'as ?
Karla était devenue blême, elle ne bougeait plus, elle ne parlait plus. Elle était complètement tétanisée.
Luna approcha à son tour, une vision d'horreur s'offrait alors à leurs yeux.
Les corps des époux « *Schneider* » étaient là, ensanglantés, jetés pêle-mêle sur le tas de charbon de cette pièce qui abritait la chaufferie.

8

Chez les Meyer, la police était présente en permanence et effectuait une constante surveillance des appels, mais malheureusement, rien de nouveau n'était à signaler, seulement quelques sonneries émanant des familiers et amis les avaient fait tressaillir d'appréhension.

L'atmosphère devenait de plus en plus pesante pour tout le monde, et le désespoir gagnait les deux époux à mesure que les heures passaient.

D'autre part, les informations émanant du commissariat, n'étaient guère plus rassurantes, rien de nouveau n'était à signaler, toutes les recherches étaient jusqu'alors infructueuses. Les deux filles s'étaient littéralement volatilisées.

La police, contacta naturellement tous les producteurs et agences de casting, les plus connues de Berlin et de la région, sans le plus infime succès. Personne n'avait appelé ou convoqué Luna Meyer.

La piste de l'enlèvement avec séquestration devenait dès lors la plus plausible, vu que ce n'était pas la première fois que des jeunes femmes disparaissaient de la sorte en Allemagne.

Pour celles-ci, elles se retrouvaient le plus souvent dans les filières mafieuses de prostitution de certains pays de l'Est, et là, il devenait presque impossible de les retrouver, et encore moins de les libérer, certains États étant réticents à collaborer avec les autorités allemandes.

Dans d'autres cas, les enlèvements avaient pour seul but de soutirer une rançon conséquente à la famille et dans les cas extrêmes, ils étaient hélas plus dramatiques, puisque réalisés pour des motifs crapuleux qui finissaient presque toujours en viols et meurtres.

Les heures passaient inexorablement sans le moindre résultat pour la police. Pas d'appel, pas de demande de rançon, pas la moindre piste, l'enquête était littéralement au point mort.

N'ayant pas reçu la moindre nouvelle, le commissaire ordonna de privilégier la piste crapuleuse, et décida de réaliser une énorme vague d'interpellations dans le milieu des nombreux individus, déjà connus pour de semblables faits.

Des mandats de perquisitions furent délivrés par le juge, et un véritable branle-bas s'abattit sur les nombreux quartiers chauds de la ville et de sa banlieue. Le résultat fut plus que décevant, mis à part l'arrestation de quelques petits dealers de drogue et mineurs délinquants, l'opération se solda par un cuisant échec. Bien entendu, la police n'avait pas abandonné les autres possibles pistes.

Les frontières avaient été alertées et le quadrillage de la ville était renforcé au maximum nuit et jour par les nombreuses patrouilles, mais rien jusqu'alors n'avait réussi à localiser les deux sœurs Meyer.

9

Dans la maison des « *Schneider* », les cris de Karla et Luna avaient alerté les deux complices, qui descendirent immédiatement au sous-sol. Berbec était furieux.
— Qu'est-ce que vous faites là ?
Comment êtes-vous sorties ? Vous allez le payer très cher !
— Non, par pitié, nous voulons juste rentrer à la maison, nos parents doivent être morts d'inquiétude.
— Après ce comportement, je crois que vous n'allez pas les revoir de sitôt !
Il demanda à « *Russesco* » de les bâillonner à nouveau, les attacher solidement dos à dos, avec une corde et de les enfermer dans le local de la chaufferie avec les deux cadavres.
Les deux sœurs étaient au bord de la syncope, elles étaient maintenant dans le noir le plus complet et en bien macabre compagnie. C'était plus que leur mental ne pouvait supporter. Cette fois, c'était la fin.

Quelques minutes après, le mobile de Berbec retentit. Il remonta immédiatement au rez-de-chaussée et décrocha.

— « *Da salut* » (Oui, allô)
— « *Totul este aranjat, vă vom ridica* » (tout est arrangé, nous allons passer vous chercher)
« *Vom lua, d'asemenea, fetele* » (nous allons aussi emmener les filles)
« *Fii gata într-o jumătâté de oră* » (soyez prêts dans une demi-heure).
— « *Bine, te asteptam* » (Bien, d'accord, on vous attends).

Il raccrocha et demanda à Russesco de remonter les filles.

— Emmène-les et prépare-les, on vient nous chercher dans une demi-heure.

Quarante-cinq minutes après, un camping-car stationne devant la porte de la maison. Une berline beige le suit et fait de même.

Le chauffeur de l'autocaravane descend et sonne à la porte.

Berbec ouvre, et le fait entrer.

— « *Bună ziua Alexandru merge !* » (Bonsoir Alexandru, comment ça va ?)
— «*Dar tú, nu ai probleme cu fetele ?* » (Bien et vous, pas de problèmes avec les filles ?)
— « *Nu, totul este sub control* » (Non, tout est sous contrôle).

LE PIÈGE

Berbec et Alexandru continuent leur conversation en Roumain.

— Bien, vous allez partir avec les filles pour « *Bad Schandau* » c'est une petite ville juste à quinze kilomètres de la frontière tchèque. Vous vous rendrez à cette adresse, on vous attend. Là-bas, on vous fournira des papiers et les instructions pour rentrer sans problème en Roumanie.

Alexandru lui remet aussi un révolver.

— J'espère que tu n'auras pas à t'en servir, mais soyez prudents, la police est sur les nerfs. Vous allez voyager comme deux couples qui partent en vacances, alors soyez relax et décontractés et contrôlez bien les filles.

— Bien, je vous laisse, mon cousin m'attend dans son auto. Bonne chance !

— Merci, au revoir !

Une fois Alexandru parti, Russesco détache les filles, puis Berbec s'empresse de les mettre en garde.

— Nous allons tous partir en vacances, je vous conseille de vous tenir tranquilles et il ne vous arrivera rien. Vous êtes prévenues, au moindre écart, je n'hésiterai pas à m'en servir, dit-il tout en leur montrant le révolver.

— De toute façon, je vous préviens ! À la plus petite tentative de fuite, vos parents paieront à votre place, ils seront immédiatement exécutés, ayez ça bien en tête.

Ils prennent place dans le camping-car et partent en direction de « *Bad Schandau* ».
Ils empruntent aussitôt « *Schonefelder Str.* » en direction du Sud, qui mène directement à la sortie de la ville, jusqu'à « *Schonefeld* », tout près de l'aéroport, puis décident de continuer leur voyage en empruntant les routes secondaires, qu'ils supposent moins risquées.
Ils vont parcourir les deux cent cinquante kilomètres sans encombre, et cinq heures après, ils arrivent enfin à « *Bad Schandau* », puis se présentent à l'adresse indiquée. Il est maintenant six heures du matin.
Ils sont accueillis par « *Andrei Balanesco* » et sa vaste famille, faisant tous partie du funeste réseau du gang roumain de « *Traian Lupesco* » qui logent dans une maison isolée de ce paisible village de la région de « *Saxe* » d'environ quatre mille habitants, engoncé dans une vallée qui longe la magnifique rivière « *Elbe* » entourée de falaises et d'une immense et touffue forêt.

La famille « *Balanesco* » se compose d'une dizaine de personnes, tous frères ou cousins, certains accompagnés de leurs épouses ou amies ainsi que quelques enfants en bas âge, qui vivent tous de la mendicité et de vols en tout genre.
Ils occupent une vaste maison de deux étages, un peu retirée à la sortie du village.

LE PIÈGE

À leur arrivée, ils sont accueillis par « *Andrei* » et les hommes du logement, qui ont tout préparé pour dissimuler leur présence.

Les deux filles, sont immédiatement conduites au sous-sol et enfermées dans une sorte de petite chambre équipée sommairement d'un lit et une minuscule et rudimentaire coin toilette. Ce réduit, aménagé à la hâte pour les accueillir, se trouve dissimulé dans la partie arrière du vaste garage et faisait à l'origine office d'entrepôt de machines et outils en tout genre, destinés à l'entretien du bâtiment et des plantes et pelouses.

« *Berbec et Russesco* », quant à eux, vont occuper une des meilleures chambres de la vaste maison, au deuxième étage, et être traités comme de véritables Pachas.

10

À Berlin, la police est dans une véritable impasse, les pistes se referment les unes après les autres. Pourtant, tout est tenté, affiches, messages des parents à la télévision, et même une offre de récompense de cent mille euros, pour tout renseignement.
Si on excepte les immanquables appels farfelus de tous genres, rien de sérieux ni d'exploitable n'avait pu être relevé. Le commissaire ne cachait plus sa déception, malgré les énormes moyens mis à disposition, l'enquête n'avançait pas, c'était comme si la terre les avait englouties. Pas l'ombre d'un indice, pas le moindre témoin, pas même la moindre trace sur les images des nombreuses caméras de surveillance qui furent naturellement soigneusement vérifiées. Quant aux deux époux, ils étaient au bord de la folie, ils ne comprenaient plus ce qui se passait,

LE PIÈGE

tout cela leur échappait, leur raison commençait à vaciller.

Madame Meyer, dut même être vue par un médecin, c'était trop pour elle, c'était insupportable pour cette famille unie, qui n'avait jamais dû faire face à un aussi affreux et insoutenable évènement.

Les idées les plus folles et alarmantes hantaient leurs esprits, ils savaient parfaitement qu'elles n'avaient pas disparu de leur propre chef. Une fugue n'était pas imaginable, non, ils les connaissaient trop bien, et savaient parfaitement qu'elles n'auraient jamais fait cela. C'était totalement exclu. Pour eux il ne restait plus que la piste criminelle, mais comment imaginer ne serait-ce qu'une seconde une telle éventualité pour leurs deux filles pétillantes et pleines de vie ?

Ils se refusaient même de l'envisager et essayaient de se raccrocher à n'importe quel infime brin d'espoir, malgré l'insistante et têtue appréhension qui s'acharnait avec obstination à les ramener sans cesse à la réalité. Leurs vies quotidiennes se limitaient à attendre, et désespéramment écouter le son de la stridente sonnerie de leur combiné, duquel, ils arrivaient à peine à décrocher leur regard. Pourtant, il était devenu leur unique espoir. Le moindre bruit dans la pièce, les faisait tressaillir d'anxiété. Comment cette épouvantable et insensée affliction pouvait-elle leur arriver à eux, qu'avaient-ils commis comme lubricité pour mériter un tel injustifié supplice ?

11

« *Bad Schandau* »

À Bad Schandau, chez « *Andrei Balanesco* », les préparatifs pour fournir des faux passeports aux deux fuyards et aux sœurs Meyer, allaient bon train.
On commença par couper court les abondantes chevelures blondes de Karla et Luna, puis on termina par leur appliquer une teinture brune. Quant à « *Berbec et Russesco* », on les apprêta tous deux d'un élégant costume cravate, qui les faisaient ressembler pour un instant, à de véritables employés de bureau modèle. Puis on prit des photos d'identité de chacun, dans le but de confectionner les faux papiers en utilisant des véritables documents vierges, et

tampons dérobés par la bande dans les locaux d'une préfecture de la région de « Saxe ».

Pour le faussaire de la bande, la confection des quatre faux passeports fut un jeu d'enfant, il disposait de tout le matériel nécessaire pour réaliser des documents plus vrais que nature.

Pendant que les deux fuyards étaient accueillis et traités avec les plus infinis égards, dans le sous-sol, les sœurs Mayer croupissaient dans leur minuscule et insalubre réduit. Une des femmes de la vaste cognation venait leur servir matin et soir un maigre et ignoble repas composé des restes d'aliments du groupe. Quant aux jeunes célibataires, du logis, ils ne manquaient aucune occasion pour venir empaumer et étreindre de façon insupportable les filles, malgré les ordres formels de *« Berbec »*. Quatre jours après, tout était prêt pour le départ. Vers six heures du matin, on embarqua tout le matériel et tenues nécessaires dans le camping-car comme pour simuler deux couples qui partent en vacances, puis ils empruntèrent la nationale S154 en direction de *« Sebnitz »*, petite ville frontière entre l'Allemagne et la République Tchèque. Une demi-heure après, ils atteignirent la douane, une interminable file de véhicules pour la plupart de travailleurs frontaliers, qui se rendaient comme chaque matin à leur emploi, encombrait l'étroite chaussée. Immergés dans l'immense cortège, ils avançaient au pas et arrivèrent devant le douanier Allemand qui se limita à jeter un coup d'œil furtif aux occupants et sans autre formalité, leur fit signe d'avancer.

Ils étaient à présent en République Tchèque, le plus grand danger se trouvait maintenant derrière eux, ils savaient que dorénavant ils étaient en mesure de berner facilement le moindre contrôle.

Ils savaient aussi que Luna et Karla ne tenteraient pas la moindre aventure pour attirer l'attention de la police ou s'échapper, elles étaient prévenues du sort que subiraient leurs parents.

Ils allaient traverser le pays sans le moindre encombre, empruntant la (E55) qui les mena jusqu'à Prague, qu'ils contournèrent, puis la (D2) qui les conduisit jusqu'à la ville de « *Brodské* ».

Là, ils croisèrent la frontière pour passer en Slovaquie en direction de Bratislava, puis quelques kilomètres plus loin, ils pénétrèrent en Hongrie par le passage de « *Rajka* » et en prenant la direction de « *Gyor* » par la (M85). Ils arrivèrent cinq heures plus tard à Budapest. Après une longue pause sur une aire pour se restaurer, ils reprirent la route pour la frontière par la (M43), qu'ils croisèrent à « *Nagylak* ». C'était fait, à présent ils étaient enfin en Roumanie.

De là, il leur fallait encore parcourir les six cents kilomètres en suivant la (A1) jusqu'à Bucarest.

Au total, ils avaient parcouru près de mille cinq cents kilomètres, et fait dix-huit heures de route.

12

Bucarest (Roumanie)

Arrivés à la capitale Roumaine très tard dans la nuit, ils se rendirent directement au « *Lutetia Strip club* », un établissement situé « *Strada Smardande* », dans la zone chaude de la vieille ville tenue par « *Petru Armin* », un des lieutenants du sinistre « *Traian Lupesco* », qui les attendait.

Ils pénétrèrent par une porte dérobée et se retrouvèrent dans le flambant bureau « *d'Armin* ».

Berbec et Russesco furent accueillis en véritables héros. Non seulement ils s'étaient vaillamment

évadés de leur prison allemande, mais avaient réussi à amener avec eux deux jeunes et magnifiques filles.
« *Traian Lupesco* », accompagné d'une demi-douzaine de gardes du corps, s'était même déplacé en personne pour féliciter les deux fuyards.
Ils fêtèrent l'évènement jusqu'au petit matin, et les éloges de Lupesco et Armin comblèrent nos deux malfrats, qui étaient soudain devenus de vrais téméraires et audacieux personnages à leurs yeux.
Quant à Luna et Karla, leur sort était tout autre.
Elles furent emmenées sans le moindre ménagement et enfermées dans une chambre du vaste local par les hommes d'Armin.

Le Lutetia Strip Club est un établissement de standing, dans ce quartier qui compte une vingtaine de lieux du même genre, mais beaucoup moins sélects.
Il propose des spectacles de filles dénudées et hôtesses en tout genre.
Il appartient comme la majorité des autres boîtes du centre, à « *Traian Lupesco* » et est géré d'une main de fer par « *Petru Armin* ».
En plus des spectacles, Armin propose d'autres services plus personnalisés comme des « *Escort girls* », ou prostitués de luxe à sa fidèle clientèle locale ou de passage, comme les nombreux hommes d'affaires, qui s'hébergent dans les luxueux hôtels du centre-ville.

LE PIÈGE

Il emploie une vingtaine de filles, la plupart contre leur gré, qui sont nourries et logées sur place, surveillées de près par madame « Martinescu », la fidèle et dévouée tenancière d'Armin.
Elles reçoivent en échange de leurs services, un petit salaire mensuel, à peine de quoi se payer quelques effets personnels.
Les filles sont recluses sur place et les rares sorties se font toujours par petits groupes et invariablement en compagnie de la tôlière et discrètement surveillées de près par quelques hommes du boss.
Ce sont pour la plupart, de très jeunes femmes, arrivées là, des différents pays d'Europe par les nombreuses filières maffieuses contrôlées par Lupesco.
Cependant, quelques filles locales sont là et participent au business non par choix mais plutôt par obligation, pour pouvoir se permettre de payer leurs cours à la fac ou quelques extras dans les boutiques à la mode.
Luna et Karla arrivent dans cet univers totalement inconnu pour elles et vont très vite se rendre compte de ce que l'on attend d'elles.
Leur situation est inimaginable, impensable pour des filles de bonne famille, habituées à jouir à leur gré de la plus grande aisance et d'une totale liberté.
Se trouver maintenant dans un pays étranger, dans un lieu sordide, et vouées certainement à des pratiques qu'elles refusaient même d'imaginer, les

rendaient incapables d'accepter la situation qu'elles vivaient, tant leur sidération était devenue effrayante.
Pourtant, dès le lendemain, les deux sœurs vont immédiatement être prises en charge, par « *Marta* », surnom que l'on donnait à madame « *Martinescu* ».
Elle allait immédiatement s'occuper de leur apparence physique et vestimentaire et leur apprendre les rudiments du métier.
Pour l'heure, elles allaient s'exhiber en petite tenue et s'initier aux chorégraphies sensuelles autour de la barre fixe de « *pole dance* » sur l'une des nombreuses plates-formes du local.

« *Pole dance* »

13

Elles n'allaient pas tarder à être remarquées par certains clients assidus de la boîte, et des demandes de services plus personnels devenaient de plus en plus insistantes auprès d'Armin.

Marta ne tarda pas à en faire part aux deux nouvelles, tout d'abord sur un ton aimable et flatteur, leur faisant miroiter des extras de salaire conséquents, mais Luna et Karla n'étaient pas réceptives à de telles propositions.

— Il ne s'agit pour vous que d'accompagner certains messieurs extrêmement chics et courtois, dans des réceptions, ou les meilleurs restaurants, sans plus, ils ont juste besoin d'être vus en galante compagnie, lors de réunions informelles importantes avec des futurs clients, ça fait partie du monde des affaires.

Mais leur refus était sans appel, elles ne feraient jamais ça, c'était totalement exclu.

Alors, le ton de Marta changea, ce n'était plus une aimable proposition, mais une impérative injonction, suivie d'implicites menaces.

— Si vous persistez dans votre refus, vous allez vous retrouver à faire le tapin dans les pires lieux de la ville, et vous l'aurez bien cherché !
Vous vous croyez où ? Ici, on obéit ou on s'expose aux conséquences.

Le message était plus que clair, elles n'avaient plus le choix, elles étaient seules, abandonnées de tous, loin de chez elles, dans ce curieux pays où la violence tout comme les chiens errants couraient les rues. Comment s'en sortir ? S'enfuir était impensable, elles étaient constamment surveillées.

Pour l'heure, elles devaient obéir, afin de garder une chance de trouver une opportunité de pouvoir échapper un jour à leurs ravisseurs.

Elles acceptèrent à contrecœur la proposition de Marta, en précisant bien qu'elles se contenteraient uniquement d'accompagner les clients à leurs rendez-vous d'affaires et rien de plus.

Marta s'empressa de leur inculquer les impératifs et bonnes manières pour devenir une bonne *« Escort girl »*, car l'établissement devait garder à tout prix son statut de leader à Bucarest.

Karla et Luna étaient terrorisées, à l'idée même de devoir accompagner des hommes qu'elles ne connaissaient pas. Ce n'était pas leur monde, elles n'avaient jamais quitté le nid familial protecteur et leur cercle d'amis.

Mais désormais, elles devaient improviser, jouer un sinistre rôle dans une mauvaise pièce dont elles ne connaissaient pas la fin.

Et puis elles savaient parfaitement les possibles dérapages d'une telle activité, certaines filles de l'établissement, qui comme elles, parlaient Allemand ou Anglais, l'invoquaient sans arrêt.

Quelques jours après, Marta leur indiqua qu'elles étaient prêtes, et le soir même, bien à contrecœur, Karla dû se résoudre à accompagner son premier client. Elle devait se présenter à son hôtel pour se rendre à un fastueux restaurant avec un éminent client japonais. Bien entendu, Karla fut conduite par un homme d'Armin qui la déposa au bar de l'hôtel, et attendit patiemment dans son véhicule une bonne partie de la nuit, jusqu'à son retour.

Finalement, la soirée avec le client Japonais s'était déroulée à merveille, dans le plus grand respect et égard, à la grande stupeur de Karla qui fut agréablement surprise de se trouver en bien charmante compagnie. De retour au « *Lutetia Stip club* », elle fut même félicitée par Marta, puis elle rejoignit la chambre qu'elle partageait avec sa sœur.

— Alors, raconte ! S'empressa de demander Luna nerveusement, on ne t'a pas forcé à faire des choses au moins ?

— Non, rassure-toi, tout s'est bien passé, le mec a

été plus que charmant, il a été adorable. Il s'est conduit en vrai gentlemen.

Dès le lendemain, les filles reprirent leurs sensuelles exhibitions à la barre de pole dance.

Dans la soirée, Luna fut très vite remarquée par un excellent client qui ne tarda pas à demander à Armin la location d'une des chambres disponibles dans les étages du local. Bien entendu, il répondit par l'affirmative, du fait que c'était un habitué.

Il demanda à Marta d'accompagner le couple jusqu'à la chambre, et leur fit aussitôt monter une bouteille de champagne.

Luna se laissa guider et accompagna le client jusqu'à la chambre, ne sachant comment réagir.

Le barman leur servit deux coupes, puis quitta la chambre.

— Comment t'appelles-tu ? lui demanda-t-il en anglais avec un épouvantable accent russe.

— Moi, c'est Luna et vous ?

— Moi, « Kusma ». Tu sais que tu es très jolie ? Je ne t'avais jamais remarquée, tu es nouvelle au club ?

— Oui ça fait quelques jours que je suis ici, mais je ne compte pas rester, ce n'est pas mon travail, on m'oblige à le faire.

— Bien sûr, vous dites toutes ça, pourtant, ce n'est pas si mal ici, c'est très sélect, et on rencontre du beau monde.

LE PIÈGE

Allez Luna, on va trinquer. « *Наше здоровье любить* » (Santé, à la nôtre, à l'amour).

Assis tous deux sur le canapé qui faisait face à la petite table basse de salon, Kusma commençait à se rapprocher de Luna et ne tarda pas à devenir de plus en plus entreprenant.

Ses gestes étaient à chaque fois plus inéquivoques et embarrassants.

Luna eut très vite un mouvement de recul et retira énergiquement la main qu'il avait passée au tour de ses épaules.

— Qu'est-ce qui t'arrive, Luna ?
— Je ne veux pas qu'on me touche !
— Comment ça ? On fait comment alors ?
— On fait quoi ? Nous buvons tranquillement notre verre et nous descendons.
— Mais c'est quoi ce plan ? Tu débarques d'où ? tempêta Kusma qui commençait à s'énerver.
Tu es ici pour faire ton travail, c'est pour ça que tu es payée.
— Il est hors de question que je fasse autre chose, c'est totalement exclu.
— Bon ! Ça suffit comme ça, je n'ai pas toute la nuit ! Déshabille-toi immédiatement ! vociféra Kusma tout en enlevant ses habits.

Pour Luna, c'était trop, elle n'avait pas l'intention de se laisser faire. Tout d'abord, elle refusa de retirer le moindre de ses légers vêtements et entra dans une rage folle.

Kusma l'empoigna avec force, mais elle réussit à se débattre et à lui asséner un coup de poing sur le visage.
Surpris, le client relâcha sa prise et Luna s'empressa de lui balancer plusieurs coups de pied dans les chevilles, ce qui le fit vaciller et tomber de tout son poids sur le sol.
Fou de rage il se rua sur elle, mais celle-ci se défendit avec bec et ongles.
Elle finit par s'échapper, et se réfugia dans sa chambre.
Kusma, dans une colère folle, décrocha l'interphone et demanda immédiatement à parler à Armin.
Le patron et Marta montèrent immédiatement et virent Kusma, le visage tuméfié, ainsi que ses mains complètement ensanglantées et couvertes de profondes griffures.
Armin et Marta se confondirent en excuses et firent venir un assistant pour soigner les blessures.
L'humiliation de Kusma était à son comble. Jamais il n'avait subi de telles offenses, c'était inexcusable.
Il jura qu'il ne remettrait plus jamais les pieds dans ce lieu.
La réaction d'Armin ne se fit pas attendre, il fallait immédiatement la remettre dans le droit chemin, c'était bien évidemment une question de survie pour son négoce. Il ne pouvait pas se permettre de tolérer de telles attitudes envers ses clients.

Il envoya deux de ses hommes la chercher dans sa chambre et la fit immédiatement transférer chez un collègue dans une lugubre boîte de nuit située en périphérie de la ville.

Il fallait absolument lui donner une bonne leçon et lui inculquer les exigences du métier par les moyens les plus probants et persuasifs.

Deux heures après, elle se retrouvait dans un lieu innommable, une sorte de maison de passe située dans une zone industrielle, sans le moindre confort ni décor, dirigée par « *Igor* », sinistre personnage, borgne de surcroît et à la réputation morbide.

Elle se retrouva dans une chambre du lieu, déjà occupée par cinq prostituées qui avaient l'air de sortir d'un roman de « *Zola* », sans la moindre culture ni savoir vivre, qui lui indiquèrent immédiatement avec la plus grande vulgarité, quelle serait sa couche et son minuscule casier pour y déposer ses affaires.

Luna était anéantie, sans savoir que faire, abandonnée de tous, et son avenir dépendait maintenant de ce lugubre et effrayant personnage, dans cet endroit sordide et glauque.

Qu'allait-il se passer maintenant ? Elle savait parfaitement qu'elle allait payer cher sa rébellion.

Et la punition n'allait pas tarder à tomber. « *Igor* », le lugubre borgne, fit irruption dans la chambre, accompagnée de deux de ses hommes, et sans prononcer un seul mot, ils l'empoignèrent sans le moindre égard et la conduisirent dans une autre chambre du local.

Là, sans aucun ménagement ni scrupule, elle fut violée tour à tour par les trois hommes.

Une fois les sinistres faits accomplis, ils la laissèrent seule, enfermée pendant toute la nuit et la journée qui suivit.

Puis le soir, « *Igor* » ouvrit la porte et lui apporta un maigre dîner.

— J'espère que tu as compris maintenant ! Ce sera ton job à partir d'aujourd'hui !

Luna ne répondit pas et avala anxieusement son modique repas.

Dix minutes à peine après, Igor était de nouveau là.

— Bon, maintenant, tu vas prendre une douche rapidement et rejoindre les autres filles en bas.

Allez, dépêche-toi ! Les clients attendent, ne traîne pas !

Pour Luna, c'était la fin du monde, elle se sentit comme dans un cauchemar, engloutie dans un puits sans fond, littéralement aspirée dans une sorte de tunnel imaginaire, incapable de réagir ni de freiner cette chute vertigineuse qui l'emportait vers un effroyable inconnu.

Pourtant, elle n'allait pas tarder à revenir à la triste réalité.

À peine arrivée auprès de ses partenaires de travail dans la salle de spectacle où se vautraient sur de vétustes fauteuils, de sombres individus, pour la

LE PIÈGE

plupart des ouvriers des nombreux ateliers de la zone, elle fut aussitôt happée par d'innombrables mains baladeuses et interpelée avec insistance sans la moindre retenue.

Son travail, consistait désormais à tenir compagnie à la sordide clientèle et à les faire consommer sans limite, et pour certains, assouvir leurs moindres désirs dans les nombreuses chambres disponibles dans les étages.

C'était pour elle la plus triste expérience de sa vie, elle savait qu'elle n'allait pas s'en remettre, c'était trop, tout s'écroulait autour d'elle, happée par une totale sidération, elle effectuait maintenant, machinalement chaque demande ou injonction sans la moindre résistance ni refus.

14

Au « *Lutetia Strip Club* », Karla continuait son job d'*escort girl* sans la moindre nouvelle de sa sœur.
Elle devait absolument savoir où elle se trouvait et ce qu'elle était devenue, elle ne pouvait pas se résoudre à rester dans cette ignorance qui la tourmentait.
Elle avait bien essayé à plusieurs reprises d'avoir des nouvelles auprès de Marta, mais celle-ci avait toujours esquivé la moindre réponse.
Pourtant, elle devait faire quelque chose, il fallait absolument la retrouver.

Finalement, Karla réussit à savoir dans quel genre d'endroit on l'avait emmené, et quel était désormais son possible sort.

Ce fut une de ses collègues de travail qui avait subi le même épouvantable destin quelques années avant, et qui fut rapatriée au « Lutetia » après avoir donné les gages de satisfaction à la suite de son bien sinistre stage.

Elle lui raconta le malheureux calvaire qu'elle avait enduré dans les moindres détails.

Karla était atterrée par ces révélations, on ne pouvait pas faire subir de telles abominations à sa sœur, elle était trop jeune, c'était impossible, elle s'interdisait même une seconde, de l'imaginer.

Pourtant, elle devait se rendre à l'évidence, elle avait entièrement confiance en sa camarade « *Daisy* » d'origine anglaise, devenue son amie.

Celle-ci, avait subi le même sort quelques années auparavant, alors qu'elle avait été kidnappée à l'occasion d'un séjour en Roumanie, et allait se retrouver tout comme elles, entre les mains d'Armin, puis refusant d'obéir, avait fini par connaître le sort tragique réservé aux récalcitrantes.

Malgré tout, elle avait réussi à capter la confiance de Marta, et put regagner le « *Lutetia* ».

Pour Karla, son amie était la seule personne qui pouvait l'épauler et l'aider à retrouver sa sœur, elle avait toute sa confiance et savait qu'elle n'hésiterait pas à la soutenir ou la renseigner sur les conditions de vie, les pratiques qu'elle subissait, et peut-être même sur le lieu où elle se trouvait.

Ayant subi le même sort, « *Daisy* » était à même de lui fournir de précieux renseignements, malgré les risques et représailles qu'elle pourrait encourir.

Karla connaissait désormais le nom du lieu, le « *Pretty Club* ». Elle apprit aussi le nom du patron, « *Igor* », et son infirmité, mais elle ignorait l'endroit où il était situé. Daisy lui avait juste indiqué qu'il devait forcément se trouver dans une proche banlieue, sans savoir exactement laquelle.

À partir de ce moment, elle allait tout faire pour retrouver Luna. C'était désormais son seul but, et elle y emploierait tous les moyens possibles et tout son potentiel dans les limites de ses possibilités.

Un soir que Karla accompagnait un important homme d'affaires roumain qui parlait parfaitement l'anglais, elle essaya d'emmener la conversation sur les innombrables clubs de la ville et demanda :

— Connaissez-vous le « *Pretty Club* » ?

— Le Pretty club ? Ne m'en parle pas ! C'est la pire boite de Bucarest, vraiment le genre de lieu où je n'oserais pas mettre les pieds. Certainement l'un des plus vieux de la banlieue nord, il est sale et très mal famé, il est fréquenté par la pire racaille de la zone, et en plus, d'après ce que l'on dit, son patron est un véritable tyran.

J'espère que tu ne songes pas à partir là-bas !

— Non, pas du tout ! Quelle idée ? C'était une

simple question, une banale curiosité de ma part, j'ai juste entendu prononcer ce nom.

Puis le sujet fut clos, Karla ne voulait surtout pas que l'on sache qu'elle s'intéressait à cet endroit, des échos pourraient très vite arriver aux ouïes d'Armin.

Elle changea de conversation et la soirée se déroula normalement.

Même si elle était terrifiée par les épouvantables descriptions du lieu, elle savait maintenant dans quel quartier il se situait. Pour elle, c'était déjà une petite victoire, elle pouvait maintenant cibler plus précisément la zone et essayer de trouver son adresse exacte.

15

À Berlin, c'était toujours l'impasse. Chez les Meyer, l'angoisse avait laissé place au désespoir. Quant à la Police, elle n'avait pas la moindre piste à exploiter, cela faisait déjà presque deux mois que les deux sœurs avaient disparu, et pas la moindre trace, malgré les incessants efforts des fonctionnaires. Si l'on écartait d'emblée la disparition volontaire, il ne restait plus que l'enlèvement et le meurtre, ou plus probablement les deux, plusieurs jeunes femmes avaient disparu dans le pays, sans que l'on n'ait jamais retrouvé la moindre trace. Pourtant, toutes les forces de police et enquêteurs n'avaient pas ménagé leurs efforts, mais malheureusement, les résultats n'étaient pas au rendez-vous. De nombreuses descentes avaient été faites dans les milieux les plus divers, susceptibles de commettre de tels actes, avec des perquisitions ciblées chez les pervers connus des forces de l'ordre.

Toute la faune de délinquants Berlinois, comme les dealers de drogue, la prostitution, le grand banditisme ou les marginaux avaient été surveillés de près ou interpelés. Pourtant, pas la moindre prémisse ou début de piste pour les enquêteurs.

Naturellement, les nombreuses caméras de la ville furent visionnées, sans succès. C'était incroyable qu'elles puissent disparaître de la sorte, en plein jour. Quelqu'un devait forcément les avoir vues.

Dans presque tous les autres cas, les disparitions avaient eu lieu tard le soir ou en pleine nuit, mais cette fois, c'était différent.

Pas la moindre trace non plus du côté des aéroports, ou les différentes sorties du territoire, mais avec l'abolition des contrôles dans l'espace « Schengen », on avait d'emblée conclu que malgré les efforts des agents de la douane, seulement la chance ou le hasard apporterait une infime possibilité de résultat.

Pour le commissaire « Schmidt », la piste de l'enlèvement était la plus plausible, étant donné que l'on n'avait pas trouvé de cadavre. Il avait donc conclu, qu'il y avait de grandes chances pour que les deux sœurs Meyer se trouvent séquestrées quelque part dans Berlin.

Mais comment trouver la moindre trace, dans cette immense métropole ? Malgré tout, la chance allait bientôt tourner. Après l'arrestation d'une famille roumaine bien connue des policiers pour de multiples méfaits, celle-ci allait enfin mettre le commissaire sur la piste du fameux « *Alexandru* » qui avait fourni le camping-car aux deux fuyards « *Berbec* » et « *Russesco* ».

Après quelques interrogatoires un peu musclés, le cousin qui l'avait accompagné le soir où celui-ci était venu remettre le véhicule aux deux assassins, avait fini par reconnaître qu'il connaissait la personne qui avait aidé à la fuite des deux évadés, et que ceux-ci étaient accompagnés de deux jeunes filles.

À partir de cet instant, il fallait à tout prix mettre la main sur « *Alexandru* », mais d'après les explications données par la famille, celui-ci était rentré en Roumanie et ils n'avaient pas la moindre idée du lieu où il pouvait se trouver. Naturellement le commissaire Schmidt n'en croyait pas un mot, il était certain qu'il se cachait quelque part dans les environs. Il était le patriarche, et il n'aurait jamais abandonné les siens. Quelques jours après, il allait être appréhendé à la suite d'une discrète surveillance du clan, mais celui-ci allait se limiter à avouer la vente d'un véhicule aux évadés et dire qu'il ignorait absolument tout de l'endroit où ils pouvaient se trouver. Bien entendu, il fut mis en examen et écroué, mais il se limita à ses premières déclarations et refusa de donner la moindre nouvelle information. De toute manière, il était inenvisageable qu'il parle, puisque dans ce cas, il serait immédiatement exclu du tentaculaire gang de « *Trian Lupesco* » et certainement éliminé physiquement. Pour le terrible boss roumain il était inenvisageable de prendre le moindre risque pour que l'on puisse remonter jusqu'à lui.

16

Au « *Pretty Club* », Luna avait fini par se rebeller, et malgré les constantes injonctions et sévères punitions d'Igor, commençait à devenir ingérable.

Elle avait décidé de ne plus obéir à quiconque, et malgré les terribles menaces et sévices qu'elle subissait, elle allait refuser systématiquement toute sommation ou intimidation.

L'information étant remontée jusqu'à « *Lupesco* ». Celui-ci décida de changer son sort, et dans l'impossibilité de la faire travailler en public, il allait lui réserver un tout autre avenir.

Luna serait vendue au plus offrant, comme une vulgaire marchandise. Il ne manquait pas de sinistres personnages qui pouvaient s'offrir ce genre de caprice pour leurs funestes désirs personnels.

Dans ce milieu, cette pratique était devenue courante, et Luna ne serait pas la première à subir cet abominable et effroyable sort, c'était même devenu une inestimable source de revenus pour des types sans le moindre scrupule comme « *Lupesco* », qui foisonnaient dans certains pays de la région.

Certaines personnes avaient même été enlevées et sacrifiées dans le seul but de leur prélever des organes qui serviraient à des transplantations de malades, qui n'hésitaient pas à débourser une petite fortune.

Luna fut enfermée dans une sorte de réduit situé dans le sous-sol de l'établissement où se trouvaient déjà trois autres filles récalcitrantes comme elle.

Elles étaient toutes les trois Norvégiennes et avaient suivi le même funeste parcours.

L'arrivée d'une quatrième personne dans cette pièce exiguë ne fut pas très appréciée par les occupantes, étant donné qu'elle rendait la cohabitation impossible par le manque de place et son évidente promiscuité.

Luna fut tout de suite prise à partie par les autres filles et elle allait subir d'incessantes brimades et insultes. Dès le premier soir, elle dut dormir à même le sol, les trois couches présentes étaient bien évidemment indisponibles pour elle.

Ce n'était hélas que le début de son pénible calvaire, puisqu'elle allait rester enfermée dans ce lieu pendant cinq jours, ignorée et rejetée par ses partenaires d'infortune.

Seuls les brefs moments des deux plateaux-repas quotidiens servis par un acolyte d'Igor » rompaient les insupportables humiliations.
Puis ce fut le jour fatidique.
Vers huit heures du matin, Igor fit éruption dans la pièce.
— Allez ! Tout le monde debout cria-t-il !
Vous allez vous doucher et vous préparer, je veux vous voir prêtes pour un défilé.
Il les fit passer dans les coulisses de l'établissement où se trouvaient les loges.
— Le spectacle commence à onze heures, alors les filles, je vous veux sexy, rayonnantes et gracieuses à souhait, le public sera des plus exigeants, la première récalcitrante, sera sévèrement punie.
Vous êtes averties !

Vers onze heures du matin, une dizaine d'hommes étaient attablés dans les petits « *réduits privés* » distribués autour de la salle de spectacle, pour certains accompagnés d'une ou plusieurs femmes, pour la plupart visiblement originaires de la région du Golfe Persique.
Le rideau s'ouvrit, et les quatre filles commencèrent leur défilé dans leurs minimalistes tenues devant ce curieux et modique public.
On leur avait épinglé un petit carton portant les chiffres de 1 à 4.

LE PIÈGE

Elles déambulèrent sur la scène pendant une quinzaine de minutes, puis se retirèrent dans les loges, accompagnées d'un des gardes du corps du patron.
Alors, Igor allait débuter un curieux valet de va-et-vient entre les différents personnages.
Chacun avait noté un ou plusieurs chiffres avec à côté une somme d'argent en dollars.
Igor rassembla les propositions et annonça le prix le plus élevé attribué à chaque fille.
Puis il y eut une deuxième ronde d'offres, avec le même cérémonial que la première.
À la fin de celle-ci, les invités quittèrent la salle discrètement.
Pour les filles, le sort était désormais scellé, elles avaient été vendues comme de véritables esclaves, sans même savoir qui allait être désormais leurs maîtres et quel avenir on allait leur réserver.
Luna, pour la première fois, ne put contenir ses larmes. Elle qui se croyait si forte et indestructible, était désormais littéralement broyée par cette épreuve à laquelle elle ne pouvait plus faire face.
Jamais dans sa jeune vie, elle aurait pu ne serait-ce qu'une seconde imaginer qu'un tel atterrant cataclysme allait un jour s'abattre sur elle, avec un odieux et abominable sort.
Comment était-ce possible, de se trouver de nos jours, dans cette inhumaine et tragique situation d'un

autre âge, qui plus est dans un pays de l'Union Européenne ?

C'était totalement aberrant et insensé, que de telles pratiques subsistent et prolifèrent au su et vu de tout le monde, dans des pays dits civilisés.

LE PIÈGE

17

Karla détenait désormais de précieuses informations sur la zone où se trouvait le « *Pretty Club* », mais pas encore son adresse exacte, et surtout, elle n'avait pas la moindre idée du triste marchandage qui venait de se dérouler dans ce lieu, concernant le sort de sa sœur.

Pourtant, son amie Daisy lui avait révélé quelques prémices qu'elle avait entendues lorsqu'elle avait été transférée dans ce lieu.

— Tu sais Karla, il paraît que certaines filles sont vendues à des étrangers lorsqu'elles refusent le travail.

Cette phrase tournait sans cesse dans sa tête, elle connaissait bien le caractère de Luna, et elle savait qu'elle n'allait pas se laisser faire sans réagir ni se rebeller, ce qui la mettrait d'emblée en danger.

Il fallait faire vite et la sortir de cet endroit rapidement, avant qu'il ne soit trop tard, mais par quels moyens ? Comment pouvait-elle s'y prendre ?
Karla devait d'abord essayer de s'échapper et retrouver ce Club pour venir en aide à sa sœur, et le meilleur moment pour s'enfuir, pensa-t-elle, c'était lors des rares sorties en ville pour l'achat de nouvelles tenues dans les boutiques du centre, mais bien entendu, les filles étaient systématiquement accompagnées par Marta et les gardes du corps d'Armin.
L'occasion allait très vite se présenter. Le lendemain, Marta sortit comme d'accoutumé, en petit groupe, accompagnée de deux hommes d'Armin, et emmena Karla et deux autres filles renouveler leurs garde-robes.
Pour elle, c'était l'occasion rêvée, elle n'allait pas se représenter de sitôt, et le temps pressait, son intuition lui disait que Luna était en danger.
Il fallait maintenant trouver le moment opportun pour fausser compagnie à Marta et ses hommes.
L'idée lui vint de tenter de se défiler lors d'un passage en cabine d'essayage, c'était le seul moment où elle serait hors de la vue des deux gardes. Seule Marta jetait un petit coup d'œil de temps à autre.
Ils entrèrent dans une boutique bondée, à l'occasion des premiers jours des soldes, et Marta, qui choisissait toujours leurs tenues, tendit aux filles

quelques robes et celles-ci disparurent derrière le rideau.

Karla s'arma d'audace, prit son briquet, l'alluma, et l'approcha d'un des détecteurs d'incendie, juste au-dessus de sa tête, aussitôt, l'alarme se déclencha, et l'eau commença à jaillir de nombreuses buses du plafond de l'établissement, occasionnant une panique générale. Elle profita alors de l'indescriptible cohue pour s'échapper, en rampant entre la véritable marée humaine qui se pressait vers la sortie, et finit par se retrouver à l'extérieur.

Elle commença à courir sur le trottoir, sans savoir où elle allait. L'important pour lors, était de s'éloigner au plus vite du lieu.

Karla avait réussi. Elle s'était échappée, elle n'en revenait pas, c'était inimaginable, elle était folle de joie, même si ses vêtements étaient trempés.

Lors de sa déambulation au hasard des rues, elle se retrouva sur un marché où elle put s'acheter quelques affaires pour se changer, et en même temps dissimuler et maquiller son apparence.

Sans perdre un instant, elle se mit en quête de trouver le « *Pretty Club* ». elle ignorait son adresse, mais elle savait qu'il se trouvait dans la banlieue nord, alors elle emprunta le « *Metroul Bucuresti* » et descendit à la station « *Gara de Nord* », là, elle pensait pouvoir facilement se renseigner sur la direction à prendre.

Effectivement elle n'eut aucune difficulté, et on lui indiqua très vite de prendre la ligne M4, et descendre à la station « *1 Mai* ».

Elle entra dans un bar, et aussitôt, on lui indiqua la rue et le numéro de l'établissement, qui se trouvait tout près de là, à quelques centaines de mètres.

Il restait maintenant à élaborer une stratégie pour entrer en contact avec Luna.

Comme on était en début d'après-midi, elle flâna dans les rues environnantes jusqu'au soir où elle avait décidé de s'y rendre.

Vers vingt-trois heures, les clients commençaient à affluer, mais mis à part quelques rares couples, la grande majorité était des hommes, et elle observa que pas une seule femme seule ne se présentait à l'entrée.

Alors, comment allait-elle faire pour s'introduire sans attirer aussitôt les inévitables regards interloqués des autres clients et la curiosité des vigiles.

Elle devait absolument se trouver un partenaire pour accéder à l'établissement.

Pour Karla, ce ne fut pas un problème, elle était maintenant habituée à fréquenter les hommes, et elle savait comment s'y prendre.

Dans un bar juste à côté, elle s'assit sur un tabouret du comptoir et prit un air alliciant, il ne s'écoula pas plus de dix minutes pour qu'un homme s'approche d'elle et entame la conversation.

— « *Esti foarte singur Mis !* » (Vous êtes bien

seule mademoiselle !)
— Je crois que l'on m'a posé un lapin !
Essaya-t-elle de rétorquer dans un Roumain approximatif.
— Je peux vous offrir un verre !
— Oui, d'accord je veux bien !
Mon copain devait m'emmener au « Pretty », mais je crois que c'est foutu pour ce soir.
— Si vous permettez, je peux vous accompagner !
— Pourquoi pas !
— Vous êtes bien aimable, c'est juste par pure curiosité.
Ils finirent leurs verres et rejoignirent le Club.
Une bonne partie de la soirée s'écoula, mais Karla, qui observait avec grande concentration les allées et venues des filles parmi les clients, ne réussit pas à apercevoir Luna.
— Excuse-moi, je reviens dans une seconde, je vais retoucher mon maquillage.
Elle se leva et se dirigea vers les toilettes des femmes et resta un long moment devant le miroir, attendant que l'une des entraineuses arrive.
Une des filles ne tarda pas à se présenter et Karla l'interpela aussitôt.
— Bonsoir, je peux vous poser une question !
— Oui, bien sûr ! de quoi s'agit-il ?
— Je n'ai pas vu Luna, savez-vous si elle travaille ce soir ?

Une brusque gêne, s'afficha aussitôt sur son visage, mais elle finit par lui chuchoter.
— Vous la connaissez !
— Oui très bien, c'est une amie, rétorqua Karla.
— Je ne devrais pas vous en parler, mais elle va nous quitter dans les heures ou les jours qui viennent, elle ne travaille plus.
— Comment ça ?
— Je suis désolée, je ne peux pas vous en dire plus.
La fille regagna rapidement la salle pour reprendre son travail.
Karla fit de même et rejoignit son partenaire. Ce qu'elle venait d'entendre lui glaça le sang, son amie Daisy avait raison, Luna allait disparaître, c'était sûr, elle ne la reverrait peut-être plus jamais.
Une chose était certaine, elle devait agir rapidement. Le temps était compté, et le fatal compte à rebours avait commencé pour Luna, elle serait incessamment « *livrée* » à son nouveau propriétaire.
Mais comment allait-elle pouvoir délivrer sa sœur ?
Faire intervenir la police était plus que risqué, elle n'avait aucune confiance, la soupçonnant de corruption et de complicité avec le « *milieu* », pratique hélas courante dans ce pays.
Karla n'avait plus le choix, elle devait agir seule et dans les plus brefs délais.
Elle se leva brusquement, et sans prononcer le moindre mot, se dirigea vers les coulisses d'un air décidé.

Karla monta quatre à quatre les escaliers des deux étages sans être interpelée. Elle s'empressa d'entre ouvrir chacune des nombreuses chambres, pour certaines occupées par des clients, s'excusant au passage, mais d'autres étaient fermées à clef.

18

De son côté, Luna et les trois autres filles avaient été montées dans des chambres du local pour être apprêtées, préparées et bichonnées correctement, pour satisfaire les moindres exigences de chacun des nouveaux maitres, en attendant leur imminent départ.

Pour deux d'entre elles, leur sort était déjà réglé, Igor et son inhérent et dévoué chauffeur, accompagnés d'un de ses hommes, venaient de partir quelques heures avant pour les remettre à leurs propriétaires.

Luna et la troisième fille attendaient sous bonne garde dans une chambre, le moment fatidique où elles seraient « *remises* » à leur tour.

Luna avait été « *achetée* » par un éminent Cheikh du Golfe Persique, et il avait même fait apporter la tenue avec laquelle elle devait être parée lorsque celle-ci serait emmenée dans la suite de son hôtel.

LE PIÈGE

Pour elle, c'était la fin, terminée sa vie de liberté et d'insouciance, comment cela avait-il pu lui arriver à elle d'habitude si méfiante, si sûre, et indépendante ?
— Pourquoi, oui pourquoi ? se disait-elle, et Karla, qu'était-elle devenue ? Et ses parents, ils devaient être effondrés.

Tant de questions lui trottaient dans sa tête, elle était complètement dépassée par les évènements. Pourtant, elle avait toujours réussi à braver le mauvais sort par sa force de caractère et sa ténacité, mais cette fois, elle savait qu'elle ne pourrait pas s'en sortir, seul un miracle pourrait éluder sa sombre et sinistre destinée.

Quel était ce sortilège qui s'acharnait soudain, qu'avait-elle fait pour mériter cette angoissante affliction ?

Des joyeux souvenirs de son enfance lui revenaient par moments à la mémoire, cette délicieuse et insouciante vie lorsqu'elle était toute jeune, avec sa famille sa sœur, les nombreuses amies d'école de son cartier, les joyeuses fêtes d'anniversaire et puis plus tard les booms avec les copains et les sorties et balades en ville avec Karla, le shopping dans les nombreuses boutiques du centre, les rires et les fous rires lorsqu'elles se déguisaient pour Carnaval, la fête de la bière ou les nuits « d'*Halloween* ».

Mais c'était désormais du passé, elle était en train de vivre les prémices de ce qui l'attendait, de ce futur néfaste et pernicieux qui se présentait désormais devant elle. Luna, comme toutes les filles de son âge, avait déjà entendu parler de ce genre de danger abominable et crapuleux, qui pouvait arriver à n'importe quelle jeune et jolie femme, mais elle était à mille lieues d'imaginer qu'elle put un jour en être la victime, « *ça n'arrive qu'aux autres* ».

19

Karla arriva devant une porte qui se trouvait au fond du long couloir, et comme pour les autres, elle actionna la clenche, et celle-ci s'ouvrit. Cette fois, ce n'était pas une chambre, mais un bureau, sans aucun doute celui d'Igor, le patron du « *Pretty* ».
Il n'y avait personne. Elle y pénétra et s'empressa de refermer rapidement derrière elle.
Karla commença à fouiller les nombreux tiroirs à la recherche de clefs, qui pourraient ouvrir les portes verrouillées. Très vite, elle trouva un énorme trousseau avec une vingtaine de grosses anciennes clefs. Elle s'en empara et ressortit dans le couloir, puis sans la moindre hésitation elle se rendit devant la première des portes qu'elle avait trouvé close.
Elle toqua doucement, mais Karla ne reçut aucune réponse. Elle essaya alors de trouver celle qui correspondait parmi les nombreuses en sa possession.

Nerveusement, elle les essayait l'une après l'autre sans succès.
Soudain, Karla sentit une lourde main se poser sur son épaule. En un éclair, elle se retourna.
Un grand gaillard se trouvait brusquement planté là.
— « *Cine esti ? ce faci aici ?* »
(Qui êtes-vous ? Que faites-vous là ?) Vociféra-t-il.
Karla, surprise, sursauta et faillit s'évanouir.
Puis, en un éclair, elle reprit ses esprits, et sans la moindre hésitation asséna un énorme coup à la tête de l'individu avec son lourd trousseau.
Celui-ci, surpris, chuta lourdement en arrière et resta assommé allongé de tout son corps en travers du couloir. Aussitôt, elle s'empressa de chercher la bonne clef qui correspondait à la porte, et elle réussit à l'ouvrir, mais la chambre était vide. Elle se précipita sur une autre, mais elle était également inoccupée, alors, Karla descendit au premier étage et arriva sur le palier. Juste avant de s'engager sur le long couloir, elle vit un homme en faction devant une des chambres. Elle en déduit aussitôt que Luna pouvait s'y trouver. Il lui fallait maintenant imaginer un stratagème pour l'éloigner, elle savait qu'elle ne pourrait pas l'affronter face à face.
Elle remonta aussitôt l'escalier jusqu'à l'étage supérieur. Le type était toujours assommé sur le sol, elle pénétra dans le bureau d'Igor, prit son briquet, et mit le feu à la corbeille, puis ressortit dans le couloir en criant.

LE PIÈGE

— «*Foc foc Ajutor Repede repede*»
(Au feu, au feu au secours, vite, vite).

Aussitôt, toutes les portes s'ouvrirent et les employées et les clients envahirent le couloir et se précipitèrent en direction de la sortie. Le garde en faction du premier accourut aussitôt au second étage, essayant de se frayer un chemin parmi le flot de personnes qui affolées, dévalaient l'escalier.

Une fumée noire commençait déjà à sortir du bureau du Boss.

Karla s'empressa de déverrouiller la porte gardée par le vigile, et sa sœur et l'autre fille se trouvaient là.

Elle se précipita vers Luna dans une fougueuse étreinte. Les trois filles regagnèrent la salle, et Karla et Luna, main dans la main, se retrouvèrent dans la rue. Les sirènes des pompiers approchaient déjà du lieu.

Les deux sœurs disparurent dans la nuit.

20

« Ambassade d'Allemagne »

L'important pour elles, maintenant, était de trouver de l'aide et se mettre à l'abri, et le seul endroit possible et sûr, était de se rendre à l'ambassade d'Allemagne. Il leur fallait prendre un taxi, mais cet endroit n'était pas très fréquenté, et la chance d'en trouver un était infime, alors elles décidèrent d'essayer d'arrêter une automobile, même si la démarche était plus qu'audacieuse à cette heure tardive de la nuit. Malgré tout elles n'avaient pas beaucoup d'autres options.

Elles essayèrent à plusieurs reprises de se faire prendre en stop, sans le moindre succès.

Pourtant, un véhicule, finit par s'arrêter à leur hauteur. Deux hommes étaient à son bord. Karla eut tout d'abord un moment d'hésitation, mais ils avaient l'air sympathiques et elles ne voulaient pas laisser passer l'occasion, les opportunités de trouver d'autres personnes serviables étaient très minces.

— « *Buna seara, unde mergi ?* »
(Bonsoir, ou allez-vous ?)
— Bonsoir, nous cherchons une Station de taxis !
— Bien ! On vous dépose, pas de soucis, montez si vous voulez !
— Merci beaucoup, c'est gentil à vous !
— C'est naturel, par ici vous ne risquez pas d'en trouver beaucoup, ils viennent très peu, la zone est peu fréquentable.

Elles décidèrent d'accepter la proposition et prirent place à l'arrière de la berline.

— Que faites-vous seules en pleine nuit dans ce quartier ?
— Nous sortons de boîte, et la personne qui devait venir nous chercher ne s'est pas présentée, et impossible de trouver un taxi.
— Oui, ils viennent très rarement par ici, la clientèle n'est pas très sûre.

Vous n'êtes pas d'ici n'est-ce pas ?
— Non, nous sommes allemandes.
— Et vous vivez à Bucarest, ou vous êtes en

vacances ?

Karla et Luna commençaient à trouver les deux hommes bien curieux et se demandaient si elles avaient bien fait d'accepter l'invitation.

— C'est encore loin ?

— Non ! Les arrêts se trouvent sur l'avenue, « *Bulevardul Aerogarii* » c'est celle qui mène à l'aéroport, nous allons prendre quelques raccourcis, vous y serez très vite.

— Mais vous ne devriez pas vous promener seules dans ce quartier, surtout de nuit, c'est très dangereux pour deux femmes non accompagnées, ajouta le deuxième homme.

Puis, plus un mot, le chauffeur alluma la radio et commença à virer dans les sombres et désertes petites rues du secteur.

Les deux sœurs se regardaient avec un air inquiet, mais n'osaient plus prononcer le moindre mot. Dans quel aléa s'étaient-elles encore retrouvées ?

Leur instinct ne les avait pas trahis, le véhicule prit très vite la direction du nord, et s'engagea brusquement sur l'autoroute *(E 60)*.

— Attendez, où allez-vous ? Nous cherchons juste une station de taxis, là, vous quittez la ville ! s'écria Karla, anxieuse.

Elle n'obtint aucune réponse, la voiture filait maintenant à très vive allure.

— Arrêtez immédiatement ! Nous voulons descendre !

Les deux hommes ne manifestaient toujours pas la moindre réaction.

Elles essayèrent d'ouvrir les portières du véhicule, mais celles-ci étaient manifestement verrouillées.

Luna et Karla, se voyant prises au piège, commencèrent à porter des coups de poing sur les épaules des deux hommes, tout en vociférant et exigeant l'arrêt du véhicule.

Soudain, l'ami du conducteur se retourna, et sans prononcer le moindre mot asséna une forte décharge de « *taser* » aux deux filles, qui s'écroulèrent paralysées sur la banquette.

La berline continua sa course folle en direction du nord, puis à une cinquantaine de kilomètres, emprunta une bretelle de sortie et se retrouva en pleine campagne.

Ils arrivèrent dans le village de « *Banesti* », situé dans une petite vallée entourée de montagnes, tout près de la ville de « *Ploesti* ».

Le jour commençait à peine à poindre, lorsque le véhicule s'immobilisa devant une maison de campagne isolée en lisière de forêt. Les deux hommes portèrent leurs amorphes proies encore évanouies à l'intérieur.

Cette résidence avec son intérieur remarquablement aménagé, servait de refuge, de lieu de rencontre et de villégiature à un groupe de chasseurs de la région, pour la plupart, des honorables notables de la ville de « *Ploesti* », toute proche.

Ils avaient à leur service les deux hommes de main qui assuraient l'intendance et servaient de rabatteurs, hélas, pas seulement pour le gibier.

21

« Banesti »

La société de chasseurs appelée « *Clubul vanatoare ploiesti* » (Club de chasse de Ploesti) est surtout un cercle très privé fréquenté exclusivement par des hauts dignitaires de la société bourgeoise de Ploesti et de Bucarest.

Ce véritable « clan » composé d'une douzaine de membres, parmi lesquels des élus de la ville, des patrons de grosses sociétés, et même des hauts gradés de l'armée et de la police locale, y compris un juge, tous triés sur le volet, formaient plus qu'une association, une véritable secte.

Sous le couvert de club de chasse, qu'ils pratiquaient de façon dérisoire pour préserver les apparences, leurs véritables activités et loisirs, était d'une tout autre nature.

Ces vénérables citoyens, s'adonnaient à des sinistres et affligeantes pratiques.

Des jeunes filles, souvent seules et étrangères, étaient repérées et enlevées par les deux « *rabatteurs* », qui les conduisaient discrètement dans leur gîte où elles demeuraient retenues captives, puis au bout d'un certain temps, disparaissaient sans laisser la moindre trace.

Une fois dans ce lieu, elles devenaient de véritables « *jouets* » pour l'ensemble des membres de l'odieux et détestable club.

Là, rien ne leur était épargné, les prisonnières subissaient seules ou en groupe, toutes sortes d'agressions possibles et imaginables, aussi bien physiques que morales, à la merci de pratiques acerbes sans la moindre limite.

C'est dans ce lieu sombre et morbide que les deux sœurs allaient peu à peu reprendre les esprits. Elles étaient allongées sur un grand lit dans une chambre, complètement plongée dans le noir,

— Karla ! Karla ! Où sommes-nous ?

— Attends, Luna, je ne sais pas, j'ai très mal à la tête.

— Je ne me souviens plus de rien, et puis j'ai aussi une horrible douleur à la poitrine.

— Oui, moi aussi ! C'est insupportable.
— Que nous est-il arrivé, où sommes-nous ? Je me souviens seulement que nous étions en voiture.
— Oui avec les deux mecs, ils devaient nous déposer à un arrêt de taxis, mais ensuite ils ont pris l'autoroute, et puis plus rien.
— J'espère qu'on n'est pas de nouveau au « *Pretty Club* »...
— Mon dieu Karla, j'en peux plus, je veux rentrer à la maison, pourquoi tout ça ? Qu'avons-nous fait, dis-moi que ça va s'arrêter ! Karla prit sa sœur dans ses bras pour essayer de la consoler, et elles fondirent en larmes. Totalement désespérées, fatiguées, sans la moindre lueur d'espoir, leur esprit complètement dans le vide, elles sombrèrent dans un profond sommeil.

22

INTERPOL

À Berlin, les Meyer avaient fini par glisser dans l'abattement et le désespoir, et ils avaient désormais détourné leur colère et leur aigreur contre les autorités et la police, qui selon eux, étaient totalement impuissantes et velléitaires.

De plus, depuis des semaines, le commissaire « *Schmidt* » ne leur avait plus donné la moindre information sur l'avancement de l'enquête.

Pourtant, on avait bien lancé un ordre international de recherche pour enlèvement dans toute l'Union Européenne et les pays limitrophes, sans le moindre succès.

« *Interpol* » avait été sollicité et diligentait désormais les investigations internationales.

Mais on savait parfaitement, par expérience, que ce genre de cas qui s'était malheureusement déjà produit à plusieurs reprises, était des plus complexes, même si toutes les possibles pistes avaient été analysées. Pour les enquêteurs, l'enlèvement crapuleux retenait désormais toute leur attention et était considéré comme la voie principale.

On n'avait pas lésiné sur les moyens à tous les niveaux, le moindre indice avait été passé au crible et soigneusement examiné.

Car rien, dans la vie des deux filles Meyer, qui avait été soigneusement vérifiée, ne venait apporter le moindre signe, début d'indication ou voie à suivre.

Leur parcours était des plus classiques et conventionnels, et on pourrait même les considérer comme des modèles d'une jeunesse réfléchie, mure, et épanouie. Les parents leur avaient inculqué le respect et les bonnes manières depuis leur plus jeune enfance, et malgré l'esprit un peu plus déluré de Luna qui rêvait d'être artiste, celle-ci n'avait jamais sombré dans la moindre faiblesse ou facilité pour arriver à ses fins. Quant à Karla, malgré son caractère rebelle et son énergie débordante, elle avait toujours réussi à canaliser son opiniâtreté dans les études avec ardeur et une indéniable efficience.

23

À Bucarest, le chef de gang « *Trian Lupesco* » était hors de lui. Jamais il n'avait subi une telle humiliation, deux de ses plus « *belles prises* » venaient de lui échapper, et quelqu'un devait forcément réparer ce véritable fiasco et cet insupportable affront.

Naturellement, les deux responsables étaient parfaitement identifiés et ils allaient payer pour leur incompétence. Le premier était « *Armin* », responsable du « *Lutetia Strip Club* », et le second, « *Igor* » du « *Pretty Club* ».

Ils furent immédiatement convoqués dans la résidence de campagne située dans une banlieue bourgeoise de la ville.

Les deux subordonnés savaient parfaitement que la colère de « *Lupesco* » allait être terrible, c'était un homme impitoyable et intransigeant, surtout concernant les affaires.

Dès leur arrivée dans la maison, ils furent accueillis par Lupesco en personne et sommés de s'expliquer sur la disparition des deux sœurs.

Armin et Igor, essayèrent tour à tour de justifier la fuite des filles placées sous leur responsabilité, en évoquant les regrettables circonstances qui avaient permis leur irrémédiable fugue.

— « *Esti incapabil !* » (Vous êtes des incapables !)
— Savez-vous ce que j'ai perdu dans cette affaire ? Et ma réputation ? Avez-vous pensé à ma réputation ?
— Toutes nos excuses, les circonstances ont été plus que malheureuses. Pourtant, vos ordres ont été scrupuleusement respectés, nous allons réparer tous les dommages et retrouver les filles, soyez tranquille.
— Fermez-la ! C'est terminé pour vous !

Lupesco actionna son interphone, et quelques secondes après, quatre gardes du corps pénétrèrent dans la pièce.

— « *Nu vreau sa-i mai vad !* » (Je ne veux plus les voir !)

Ils furent emmenés par les gardes et conduits dans les sous-sols où ils furent froidement égorgés sans la moindre discussion.

Le soir venu, on chargea les corps dans le coffre de leurs véhicules, qui furent abandonnés le long d'une route en pleine campagne, sans même prendre la peine de les dissimuler. C'était la façon de faire de Lupesco, pour assoir son autorité et montrer sa détermination et sa prépotence.

Il nomma immédiatement de nouveaux responsables pour les deux boîtes de nuit, « *Danut Berbec* » et « *Ovidiu Russesco* ». Les deux évadés des prisons Allemandes, se retrouvèrent désormais, promus à la direction des deux locaux nocturnes.

Il activa sans le moindre délai son tentaculaire réseau pour retrouver les filles.

Celles-ci devaient forcément encore se trouver cachées quelque part dans les environs, car aucune nouvelle ne lui était parvenue des autorités, ni de ses nombreux contacts sur le terrain.

Il fallait absolument qu'il les retrouve dans les plus brefs délais, Luna avait déjà été vendue et il avait empoché le montant de la transaction, alors il savait qu'il devait honorer son contrat s'il ne voulait pas se trouver dans une périlleuse situation.

Mais les filles étant désormais entre les mains d'une confrérie discordante n'ayant aucun rapport ni alliance avec sa vaste et mafieuse organisation, les choses allaient se compliquer sévèrement, il lui serait extrêmement difficile de les localiser, et encore plus de les appréhender.

Mais pour lors, il avait averti tous ses contacts et donné l'ordre formel de les retrouver par tous les moyens.

LE PIÈGE

Son honneur et sa réputation étaient désormais en jeu, cet échec ne lui serait pas pardonné par des clients habitués à être comblés sans le moindre délai ni contrariété. Il savait parfaitement qu'il n'était pas le seul à pouvoir assurer ses « services ».

24

Dans le gite du Club de chasse de « *Banesti* », Luna et Karla furent soudain tirées de leur sommeil par des voix de conversations emphatiques venant du salon. La plupart des membres venait d'arriver dans les lieux et ils s'apprêtaient à préparer l'immuable déjeuner.

Comme à leur habitude, ils avaient apporté tout le nécessaire pour savourer au maximum leur week-end. Rien ne manquait, bien entendu. Il y avait tous les produits et mets nécessaires pour les repas, préparés par un des membres « *cordon bleu maison* » ainsi que les boissons et surtout des alcools en tout genre à profusion. Quant au spectacle et aux distractions, tout se trouvait déjà sur place.

Et bientôt, les deux filles allaient découvrir leur turpide et triste rôle.

« *Virgil Pietru* », le leader du groupe, qui dans la vie de tous les jours, était le prestigieux et louable PDG d'une multinationale à Bucarest, pénétra soudainement dans la chambre des sœurs Meyer.

— Bonjour ! Comment vous appelez-vous ?
Leur dit-il en Roumain.
Toutes deux détournèrent la tête et ne répondirent pas.

— Je vous ai posé une question ! Je vous conseille de ne pas persister dans cette attitude, sinon ça va très mal se passer pour vous !

Karla finit par sortir de son mutisme et annonça.

— Elle, c'est ma sœur Luna, et moi c'est Karla. Pourquoi nous retenez-vous ici ? Nous voulons rentrer chez nous, vous n'avez pas le droit de faire ça !

— Ici nous avons tous les droits, mettez-vous bien ça dans la tête. Obéissez si vous voulez revoir un jour votre famille. Venez avec moi !

Puis il les conduisit au premier étage où se trouvait la salle de bain.

— Vous allez vous préparer et revêtir les affaires qui se trouvent dans l'armoire ! Ensuite vous descendez au salon !

Je vous veux prêtes dans dix minutes.

Les autres membres s'affairaient déjà depuis un moment, certains en cuisine et les autres autour d'un exubérant apéritif composé d'un abondant assortiment d'alcool de toute sorte.

Le ton des voix et conversations commençait à s'animer et prendre de l'intensité à mesure que les verres se remplissaient et les bouteilles se vidaient.

L'atmosphère devenait de plus en plus détendue et les blagues potaches fusaient.

Une bonne demi-heure était passée, et Luna et Karla n'étaient toujours pas apparues.

« *Pietru* », exaspéré, monta à l'étage.

— Que faites-vous ? Pourquoi vous n'êtes toujours pas prêtes ?

Il me semble bien que vous n'ayez pas compris !

Mettez vos tenues immédiatement, vous avez cinq minutes pour descendre, et pas une de plus.

Dépitées, elles finirent par s'exécuter et s'attifèrent avec les frêles sous-vêtements qui se trouvaient à leur disposition dans l'armoire.

Les deux filles étaient mortes d'inquiétude, non pas par le fait de devoir porter de tels parements devant des hommes, elles l'avaient malheureusement déjà expérimenté tant de fois dans les deux Clubs, mais là, c'était autre chose qui les inquiétait, elles n'étaient plus en public, mais en représentation privée à la merci et le bien vouloir du funeste groupe, sans la moindre échappatoire.

Comme elles tardaient à se présenter, les membres du clan, déjà bien ébréchés, commencèrent à les réclamer et les solliciter bruyamment.

Dès lors, elles n'eurent plus le choix, elles devaient hâtivement descendre.

Karla passa devant et se présenta en haut de l'escalier, suivie de sa sœur. À peine avaient-elles commencé à fouler les premières marches, qu'un tonnerre d'applaudissements, de sifflets et de frénésie éclipsa complètement la musique ambiante du salon.
Elles furent accueillies ardemment et passionnément par tous les membres présents.
— Bien ! annonça « *Pietru* », vous allez vous occuper de ces messieurs, je vous veux complètement dévouées à leur service.
Immédiatement, elles se retrouvèrent entourées d'une véritable cohorte.
— Allez, les minettes, vous allez trinquer avec nous, il faut vous détendre !
Les filles, vêtues de simples et minimes sous-vêtements des plus affriolants, se trouvaient maintenant emballées dans une véritable tornade, assiégées et ballotées de toute part. Chacun s'octroyait le droit de caresser, attoucher où tripoter sans la moindre retenue.
Karla et Luna, se sentaient comme hors du temps, comme dans un mauvais rêve, ça ne pouvait pas être réel, elles n'avaient même plus la force de réagir et encore moins de se rebeller.
Tous ces hommes autour d'elles, et puis l'alcool les faisaient se sentir comme sur un manège de foire, comme lorsqu'elles étaient enfants et que les parents les emmenaient à la fête foraine, et qu'elles

tournoyaient sur les nombreux carrousels dans un tourbillon sans fin.

Quelle merveilleuse époque, que de jolis souvenirs, mais de temps à autre, une bousculade, une brimade ou une humiliation venait les ramener au temps présent et à l'affligeante réalité, et elles savaient parfaitement que ce n'était que les prémices de ce qui, sans aucun doute, les attendait.

Le repas commença et elles devaient assurer le spectacle qui consistait à se dénuder dans de langoureuses et aguichantes danses, et postures.

Rien ne leur fut épargné et chacun en demandait chaque fois davantage.

La journée du samedi s'écoula, avec pour les filles les obligatoires siestes avec la plupart des adhérents et la nuit qui suivit découpla leur perverse imagination.

Les filles Meyer étaient à bout, exténuées, abattues et complètement dépitées physiquement et moralement. C'était trop, elles n'en pouvaient plus, il fallait absolument faire quelque chose, il fallait que ça cesse, ça ne pouvait plus durer, elles savaient qu'elles ne pourraient plus supporter ce calvaire plus longtemps, cet incroyable supplice et affliction.

Leur ténacité et leur combativité étaient vaincues. Elles, pourtant si fortes et gratifiées par leur énergique jeunesse.

Mais que faire ? Comment échapper à cet épouvantable destin ? Elles savaient assurément qu'elles ne s'en sortiraient pas vivantes, on n'allait pas prendre le risque de les libérer après tout ce qu'elles avaient vu et subi. On allait certainement finir par les exécuter et les faire disparaître.

C'était plus que certain, c'était couru d'avance, aucune autre issue ne venait ne serait-ce qu'effleurer leur esprit.

25

Le lendemain matin, deux autres membres du groupe qui n'avaient pas pu se libérer la veille se présentèrent au chalet.

Ils arrivaient depuis Bucarest, et furent reçus avec la plus grande prévenance et aménité.

Tous deux étaient des hauts fonctionnaires de la police.

« *Virgil Pietru* » les reçus, et après avoir pris quelques verres avec le groupe, leur présenta les deux filles.

Lorsqu'ils les aperçurent, leur visage se glaça et tous deux se figèrent.

Ils prirent « *Pietru* » à part et s'isolèrent dans une des chambres.

— Virgil ! Qu'est-ce que ça veut dire ? Qui a emmené ces filles ici ?

— Nos hommes les ont récupérées dans les rues de la capitale, pourquoi ?

— Sais-tu qui elles sont au moins ?
— Non ! Ils m'ont dit qu'elles erraient la nuit dans a zone nord, à la recherche d'un taxi, elles sont allemandes.
— Oui, elles sont allemandes, mais aussi recherchées par Interpol et toutes les polices d'Europe.
Nous avons leurs photos et elles sont dans tous les commissariats.
Vous êtes insensés, on va tous finir en taule.
— Je suis désolé, je n'étais pas au courant ! Et apparemment les autres non plus...
— Nous sommes dans de beaux draps, il faut immédiatement trouver une solution.
— Oui, naturellement, on va faire le nécessaire, soyez tranquilles, ne vous en faites pas, on fera comme pour les autres, je vais immédiatement parler avec nos deux pourvoyeurs.
— Non ! Nous ne pouvons pas prendre le moindre risque, cette fois, nous allons nous en occuper nous-mêmes !
On va mettre au point un plan, renvoie tout le monde à la maison.
Après avoir éloigné tous les membres, « *Pietru* » enferma les deux filles dans une chambre et se réunit avec les deux policiers. Deux heures plus tard, tout était décidé, le sort des deux sœurs était immuablement fixé.

Karla et Luna allaient être froidement exécutées par les fonctionnaires, puis le soir, les corps seraient chargés dans les « 4x4 Land Rover » de « *Pietru* » puis emmenées dans l'immense et profonde forêt où se trouvait leur zone privée de chasse. Ensuite, leurs corps seraient placés dans une profonde fosse, arrosés d'acide et de chaux vive, puis finalement recouverts de terre, de la même manière que leurs hommes de main pour se débarrasser de toutes les filles qu'ils ne voulaient plus.

26

« Bucarest »

À Bucarest, « *Traian Lupesco* » ne s'était pas résolu à la perte des deux filles. Son honneur avait été bafoué, et sa crédibilité, complètement annihilée.

Il devait à tout prix les retrouver, c'était inéluctable pour la survie de son organisation. Il avait failli à son contrat et l'enjeu était considérable, il ne s'en relèverait pas.

Alors, il allait remuer ciel et terre, mais il les retrouverait, il n'y avait pas d'autres alternatives.

Lupesco actionna tous les leviers pour arriver à ses fins.

Pourtant, il n'ignorait pas qu'il jouait gros, il savait qu'elles étaient recherchées, les affiches se trouvaient dans tous les commissariats, les aéroports et les gares, et même s'il comptait sur l'assistance et la complicité de nombreux fonctionnaires, la tâche n'allait pas être facile.

Tous ses hommes disponibles étaient désormais à la recherche des deux filles, il savait parfaitement qu'elles se trouvaient toujours entre les mains de l'une des nombreuses bandes qui foisonnaient dans le pays, et sa ténacité avait fini par payer.

Très rapidement, les hommes de son vaste réseau allaient avoir des nouvelles de l'endroit où elles se trouvaient.

Elles étaient retenues au Club de chasse de « *Banesti* » Dirigé par « *Virgil Pietru* ».

Alors, sans le moindre délai, « *Lupesco* » envoya ses hommes pour les récupérer par tous les moyens.

27

Au chalet, les deux ripoux pénétrèrent dans la chambre des filles, et sans prononcer le moindre mot, l'un des inspecteurs pris son pistolet de service, puis sans hésiter, fit feu sur Luna, qui s'écroula de tout son poids sur le sol. Alors qu'il allait recommencer son terrible geste sur la sœur, son arme s'enraya et Karla, dans un élan de frénésie et de désespoir se lança sur le policier, qui, surprit, fut déséquilibré, et tous deux tombèrent à la renverse.

Dans le mouvement, un coup de feu partit et le policier resta étendu mortellement, atteint à la poitrine par le projectile. Karla, dans une rage folle, s'empara de l'arme, et fit feu sur le deuxième homme qui pointait déjà son pistolet sur elle, mais la fille, dans sa fougueuse excitation, fut plus rapide et le toucha mortellement.

Karla s'approcha immédiatement de Luna, qui, gisant dans une mare de sang, ne donnait plus signe de vie. Elle la prit dans ses bras et pendant quelques instants, elle demeura auprès d'elle totalement abattue et amorphe.

Affolée, elle sortit de la chambre à la recherche de Pietru, mais celui-ci s'était évaporé.

Elle s'habilla et quitta aussitôt la maison, effondrée et perdue, sans savoir que faire ni où aller, puis elle se dirigea en direction du village. Là, elle pourrait certainement trouver de l'aide, mais comment expliquer la situation dans le chalet ? Elle serait arrêtée par la police et inculpée des meurtres.

Elle se ravisa et se dirigea vers un arrêt de bus. Quelques minutes après, l'autocar allait arriver et Karla monta immédiatement à bord. Elle fit mine de chercher son porte-monnaie dans les poches de son manteau mais elle savait qu'elle n'avait pas d'argent. Le chauffeur exigea son dû, ou elle devrait descendre. Elle essaya de convaincre le conducteur, mais celui-ci se montra intraitable.

Par chance, un aimable octogénaire proposa de lui payer son ticket. Confuse, elle le remercia pour son charitable et généreux geste.

Elle descendit au centre-ville, et essaya de demander aux passants la manière possible de se rendre à Bucarest. N'ayant plus aucune confiance dans la police, son seul but désormais était de rejoindre par tous les moyens l'ambassade d'Allemagne.

28

Les hommes de « *Lupesco* » arrivent, à « *Banesti* » devant le chalet de chasse de « *Virgil Pietru* ».

Sans la moindre sommation, ils pénètrent dans la vaste maison et trouvent « *Lupesco* » assis sur un fauteuil, une bouteille de vodka à la main, complètement ivre et apathique.

Ils découvrent rapidement l'effroyable spectacle des trois corps gisant sur le sol.

Ils reconnaissent aussitôt Luna, et en l'examinant de plus près, constatent que malgré sa grave blessure, elle est encore en vie.

— Vite ! Vite ! Il faut l'évacuer immédiatement, emmenons-la chez « *Dragoman* ».

Ils placèrent délicatement la fille dans un véhicule, et prirent la direction de la ville de « *Ploesti* » où se trouvait la clinique privée du docteur Dragoman, un des médecins afférents du puissant réseau de « *Lupesco* ».

Avant leur départ, ils exécutent « *Pietru* » d'une balle dans la tête, et mettent le feu au chalet.

Pendant ce temps, Karla errait dans les rues, anéantie et totalement abattue. N'ayant pas d'argent, il lui était impossible d'emprunter le moindre transport, alors elle opta à contrecœur pour faire du stop.

Elle rejoignit la nationale qui passait en bas du village, et commença sa quête afin de trouver un automobiliste qui puisse la conduire à Bucarest.

Très vite, un couple s'arrêta, Luna indiqua simplement

— « *Bucuresti !* »

— « *Da mergem la Bucuresti, mount* »

(Oui nous allons à Bucarest, montez)

— Merci beaucoup !

Elle s'installa à l'arrière du véhicule, et sombra immédiatement profondément dans ces pensées.

Sa vie avait définitivement basculé. Son mental refusait cette sombre évidence et n'arrivait plus à assimiler les faits qui s'étaient produits. Ce n'était pas la réalité, Luna ne pouvait pas être morte, et puis elle n'avait pas pu tuer deux hommes, non ! C'était impossible, impensable, irréel, c'était onirique, c'était un rêve, ou plutôt un cauchemar, oui, un horrible et effroyable cauchemar.

Elle sortit de sa torpeur lorsque la femme lui demanda

— « *Unde te duci in Bucuresti ?* »

LE PIÈGE

(Dans quel endroit de Bucarest allez-vous ?)
— « *La consulatul german.* »
(Au consulat d'Allemagne.)
— «*Este perfect, vom doar alaturi.*»
(C'est parfait, nous allons juste à côté)
Karla n'avait pas tout compris, même si elle commençait à discerner quelques prémices de la langue. Le voyage se poursuivit dans un mutisme presque complet. Seule la grésillante radio, rompait la pesante monotonie du trajet.

29

Les hommes de « *Lupesco* » arrivaient déjà à la clinique de « *Ploesti* ». Luna ne donnait plus signe de vie, elle fut discrètement prise en charge et conduite directement dans une salle dérobée et immédiatement auscultée par le docteur
« *Dragoman* ».
Elle se trouvait dans un profond coma avec une grave blessure de balle dans le cou, qui par chance, n'avait pas pénétré profondément. Elle était encore en vie, mais pour combien de temps ? Elle saignait abondamment. Le docteur réussit à stopper l'hémorragie, et lui fit aussitôt une transfusion.
Ses constantes revenaient peu à peu à la normale, mais elle demeurait toujours dans le coma.
Les heures passaient, et Luna finit par revenir à elle, mais quelques minutes après, elle sombra à nouveau dans une profonde léthargie. Dragoman s'affairait à son chevet, mais pour l'heure, son état ne permettait

pas de la remettre à « *Lupesco* », elle serait retenue captive dans sa chambre, gardée par les hommes du terrible criminel, puis lorsque son état le permettrait, elle serait enfin rendue à son funeste et anonyme « *propriétaire* ».

Lupesco allait pouvoir ainsi, réussir à garder sa crédibilité et son sérieux auprès de sa riche mais pitoyable clientèle.

Et puis il allait pouvoir assoir et affirmer sa triste notoriété auprès de ses nombreux concurrents, qui n'attendaient qu'un faux pas pour lui confisquer son infâme mais lucratif négoce.

30

Les généreux voyageurs, déposèrent Karla devant la porte de l'ambassade allemande. Celle-ci les remercia infiniment, puis elle pénétra immédiatement dans la Chancellerie.
Au guichet, elle demanda à parler à un responsable.
Après quelques minutes d'attente, elle fut reçue par un attaché.
Le personnel la reconnut immédiatement. Sa photo ainsi que celle de sa sœur était affichée, sur plusieurs tableaux dans divers lieux du bâtiment.

On conduisit Karla dans le bureau de l'ambassadeur. Celui-ci fit venir le directeur des agents des services secrets présents dans les lieux.

Un long et interminable interrogatoire commença, et elle relata dans les moindres détails, le terrible périple depuis Berlin.

Puis elle finit par décrire ce qui s'était passé dans le chalet situé à « *Banesti* ».

Le chancelier, se mit aussitôt en relation avec les plus hautes autorités du pays, et plusieurs hauts responsables se rendirent immédiatement sur les lieux. Arrivés sur place, les pompiers et policiers locaux étaient déjà intervenus et il ne restait plus qu'un tas de bois carbonisé. Tout avait été dévoré par les flammes. On avait retrouvé dans les débris, les corps de trois hommes complètement méconnaissables, mais aucune trace de Luna.

Karla, qui avait tenu à accompagner, l'équipe d'investigateurs de l'ambassade sur les lieux, fut tout d'abord terrorisée en apercevant l'état du chalet, mais un léger espoir renaissait en elle, lorsqu'on lui confirma que le corps de Luna, n'était pas parmi les débris calcinés. Pourtant, elle l'avait bien vue blessée et inanimée sur le sol, au point que pour elle, sa sœur était décédée, elle n'avait pas eu le moindre doute à ce moment-là, elle ne bougeait plus et lorsqu'elle l'avait prise dans ses bras, elle était totalement inerte.

Que s'était-il passé ?

Karla se trouvait maintenant en sécurité, mais cette question ne la quittait plus, elle tournait sans cesse dans sa tête, pourtant elle n'avait pas rêvé ? Ou peut-être bien que si ? Peut-être était-elle devenue folle ? Peut-être que son imagination lui jouait des tours ? Peut-être n'était-elle plus de ce monde ? Tant d'interrogations, mêlées à l'extrême fatigue, firent que la jeune fille s'évanouisse et s'écroule sur le sol.

Elle fut immédiatement prise en charge par les équipes de secours présentes déjà sur place.

Très vite, elle revint à elle et fut évacuée vers un hôpital, accompagnée de deux agents de l'ambassade. Ils allaient veiller sur elle, le temps nécessaire pour qu'elle retrouve son calme et que l'on puisse l'entendre sereinement.

31

À la clinique du docteur « *Dragoman* », Luna demeurait toujours entre la vie et la mort, elle avait été opérée et lutait de toutes ses forces pour sa survie. Bien entendu, les hommes de « *Lupesco* » ne la quittaient pas des yeux, elle était sous bonne garde dans une chambre clandestine de la clinique où seulement le docteur et une infirmière vouée à son clan pouvaient y pénétrer pour lui administrer les nécessaires soins. Au bout de quelques jours, par chance son état expérimenta une nette amélioration, et Luna entama une surprenante rémission.

Elle avait eu beaucoup de chance, mais elle était bien consciente que son calvaire n'était pas terminé pour autant. Ce fut bien évidemment ce qui arriva. À peine tenait-elle debout, qu'elle fut emmenée par les hommes de « *Lupesco* ».

LE PIÈGE

Elle se retrouva dans une des chambres de sa vaste demeure, où elle demeura une dizaine de jours, le temps de sa complète guérison.

Elle allait enfin pouvoir être remise à son légitime « *propriétaire* » avec les plus profonds regrets de « *Lupesco* » pour ce fâcheux et inopportun contretemps.

Le jour venu, elle fut magnifiquement apprêtée par Marta et emmenée à l'hôtel où se trouvait le Cheikh qui l'avait impitoyablement acquis.

Naturellement, « *Lupesco* » accompagnait le groupe, car il tenait absolument à présenter personnellement ses plus humbles excuses à son généreux acquéreur, à qui il avait déjà fourni un bon nombre de filles et qui était de très loin son meilleur client.

Luna fut remise au déplorable émir, et conduite immédiatement dans la pièce de sa suite, réservée aux femmes, occupée déjà par une bonne demi-douzaine de ses plus belles et pimpantes épouses.

32

Lorsque Karla fut en mesure de quitter l'hôpital, les fonctionnaires allemands la conduisirent à l'ambassade.

Là, elle dévoila aux agents tous les détails depuis le faux rendez-vous à Berlin, la détention et l'enlèvement par les fugitifs roumains, leur long voyage à travers une bonne partie de l'Europe, leur pitoyable travail dans les boîtes de nuit, la fugue, et pour finir le traumatisme vécu dans le pavillon de chasse de « *Pietru* ».

Mais pour elle, l'incertitude sur le sort de sa sœur Luna, la rendait folle d'inquiétude et de chagrin.

Les fonctionnaires essayèrent de la rassurer. N'ayant pas trouvé son cadavre, tous les espoirs étaient encore permis.

— Restez confiante, nous mettons tous les moyens possibles en route et vous pouvez nous faire confiance, nous la retrouverons.

L'ambassadeur interpela les plus hautes autorités roumaines, qui engagèrent toutes les ressources à leur disposition.

À partir de ce moment, ce fut un véritable séisme dans le milieu du haut banditisme en Roumanie.

Chaque local, chaque boîte de nuit, chaque tripot ou lieu de prostitution fut perquisitionné par la police.

On passa au crible la moindre association ou cercle qui paraissait douteux.

On interpela nombre d'individus déjà bien connus des autorités pour des faits délictueux du même genre.

Naturellement, toutes les forces des douanes furent immédiatement alertées.

Au final, on arrêta bon nombre de petits délinquants ou dealers, mais impossible de mettre la main sur Luna.

Bien entendu, ce n'était pas chose aisée, car un bon nombre de fonctionnaires était corrompu, et bien d'autres directement impliqués, alors comment réussir à mener à bien les investigations et les recherches avec ce genre d'inconvénient et d'handicap ?

Dans ces conditions, c'était très difficile, et pour ainsi dire, impossible.

Pourtant, quelques langues commençaient à se délier, et malgré la crainte de représailles, certains n'hésitaient plus à dénoncer différentes personnalités se croyant intouchables, impliquées dans divers trafics de tout genre.

Ce fut le cas pour bon nombre de fausses associations qui, sous couvert d'une honorable cause, cachaient une tout autre activité beaucoup moins vénérable.

Le club de chasse de « *Banesti* », dirigé par « *Virgil Pietru* » fut le premier démantelé, même si certains des membres les plus en vue, échappèrent à l'importante rafle.

Mais « *Traian Lupesco* » et sa tentaculaire bande ne fut pas inquiétée, compte tenu de ses nombreux et importants soutiens et complices dans les milieux les plus divers.

Ainsi, la clinique du docteur « *Dragoman* » ne fut pas un instant soupçonné d'une quelconque activité délictueuse.

De même, l'ensemble des locaux nocturnes de la capitale comme le « *Lutetia Strip-Club* » ou le « *Pretty Club* » et bien d'autres qui foisonnaient à Bucarest et dans bien d'autres villes du pays et à l'étranger, furent épargnés et ne subirent aucun aléa des autorités. Ce fut bien autre chose en Allemagne, où les complices de l'évasion des deux criminels furent tous arrêtés, d'autant que l'on avait naturellement déjà retrouvé à Berlin, les corps des deux malheureux retraités du « **31A** *schonefelder Str* ».

Ce fut le même sort que connut la famille « d'Andrei *Balanesco* » à « *Bad Schandau* » près de la frontière de la République Tchèque, qui avait accueilli les deux fugitifs, ainsi que les deux filles Meyer, et leur avaient fourni les faux papiers.

Le seul échec était la fuite des deux hors-la-loi, et la disparition de Luna et Karla.

33

Luna était désormais devenue contre son gré une des épouses du puissant émir, qui, après son séjour de villégiature en Roumanie, ne tarderait pas à regagner son pays. Pour l'heure, malgré la totale immunité dont il jouissait dans ce pays, il préféra reporter son départ. Même s'il savait qu'il ne courrait pas le moindre risque, il préféra tempérer et attendre que les choses s'apaisent. Luna n'avait plus qu'une chose en tête, il lui fallait s'échapper et se libérer des griffes du puissant Cheikh « *Al-Nazmyr* » avant qu'ils ne quittent le sol roumain, dans le cas contraire, son sort serait scellé pour toujours, et elle ne reverrait sans doute plus jamais sa famille. Mais comment fausser compagnie à son désormais puissant régisseur et sa horde de gardes du corps, sans compter la pléiade d'épouses qui l'entouraient ?

LE PIÈGE

Cependant, la chancellerie allemande avait alerté les plus hautes autorités du pays, c'était désormais devenu une affaire d'État.

De son côté, Karla avait refusé catégoriquement de rentrer en Allemagne sans sa sœur, et demeurait désormais à l'ambassade où elle put fournir des appréciables renseignements aux enquêteurs.

Les autorités avaient à présent la conviction que Luna était en vie et se trouvait avec certitude, entre les mains de délictueux personnages sans scrupule.

C'était certain, elle était retenue quelque part, et son sort risquait de chanceler d'une minute à l'autre.

Ils ne connaissaient que trop bien cette situation, qui n'était pas inhabituelle ni même anecdotique tant elle s'était déjà produite à maintes reprises dans la région. La situation de Luna, était des plus rocambolesques, si elle n'avait pas été aussi dramatique. Elle se trouvait à déambuler dans l'immense suite de l'hôtel, traitée comme une véritable princesse, baignant dans l'opulence et le luxuriant confort avec à sa disposition tout ce qu'elle désirait. Mais hélas et surtout, à la disposition et la servitude exclusive du bien vouloir de son « *maître* ».

Elle savait parfaitement qu'elle ne pourrait pas s'en sortir seule, c'était sans espoir, c'était illusoire, et de plus, Luna était anéantie, broyée moralement.

Seul un impossible et chimérique miracle pourrait la libérer de ce véritable abîme où elle se trouvait par des incroyables et ineffables circonstances.

LE PIÈGE

Luna savait parfaitement que les heures étaient comptées, elle allait partir, quitter le pays pour on ne sait quel destin, mais avec certitude une existence d'allégeance et d'asservissement sans possible retour.

Alors que faire, comment s'y prendre pour échapper à cette flagrante fatalité qui l'attendait ?

34

Aéroport « Henri Coanda »

À Bucarest, les enquêteurs étaient désormais sur une possible piste. Ils savaient que le cheikh « *Al-Nazmyr* » se trouvait dans la capitale, et l'on connaissait parfaitement le but de son séjour.

Le souci, pour les enquêteurs était maintenant de procéder avec la plus pertinente prudence, pour éviter tout incident diplomatique.

Naturellement, le cheikh fut très vite alerté de la situation et des soupçons à son égard, alors il décida de se dérober et quitter au plus vite le pays.

Bien entendu, il avait son luxueux A320 personnel sur le tarmac de « *Henri Coanda* » de Bucarest, prêt à décoller à tout moment.

Dans la suite « d'Al-Nazmyr », c'était le branlebas de combat, il fallait partir au plus tôt, car les autorités ne tarderaient pas à se présenter et à lui demander des comptes.

Il prit immédiatement la direction de l'aéroport, accompagné de Luna et de l'ensemble de son harem.

Ils arrivèrent rapidement et ils furent accueillis avec les plus grands honneurs dans la zone VIP, en attendant la préparation de son vol.

À ce moment, aucune consigne ni signalement n'avait été faite à son encontre, et toute sa cohorte fut exemptée de passage en douane.

Pour Luna, c'était la fin, personne ne pourrait plus intervenir, elle avait gardé espoir jusqu'au bout, mais maintenant il était trop tard, elle se trouvait dans le couloir d'embarquement, voilé de la tête aux pieds, escortée et entourée de tous ces ignobles et avilissants gardes qui ne la quittaient pas un instant du regard.

Au même moment, la police roumaine et les agents d'Interpol, arrivaient à l'hôtel, pour rencontrer « *Al-Nazmyr* », mais il était trop tard, il avait pris la fuite avec Luna et toute sa cour.

Le commandant « *Matesco* » s'adressa aussitôt à l'accueil de l'hôtel.

— Bonjour ! Police !
Le fonctionnaire montra furtivement sa plaque à l'employé.
— Pouvez-vous nous indiquer le numéro de la suite du cheikh s'il vous plait.
— Je suis désolé, il vient de nous quitter, il est parti précipitamment avec tous ses accompagnants, ici il ne reste plus personne !
— Pouvez-vous nous indiquer avec précision quelle était sa destination ?
— Oui Monsieur ! Ils sont partis à l'aéroport !
— D'accord ! Merci beaucoup !
Le commandant s'adressa énergiquement à ses hommes :
— Allez ! Vite, vite ! Ils sont à « *Henri Coanda* », Ils vont quitter le territoire !
La colonne de voitures de police se lança à toute allure, sirènes hurlantes en direction de l'aérodrome.
Luna et l'ensemble des passagers de l'Airbus privé étaient désormais à bord de l'appareil.

35

Le commandant de bord de l'avion demanda à la tour de contrôle l'autorisation d'accès à la piste.
— Tour de contrôle ! Ici PhD, autorisation de rouler et instructions pour le décollage !
— L'aéronef se positionna en bout de piste et lança ses réacteurs.
Juste à cet instant, la police des frontières communiqua à la tour de contrôle de stopper la manoeuvre d'autorisation de décollage du A320.
— Attention ! Attention ! S3-TLK ! Vous n'avez pas

l'autorisation de décollage !
Abandonnez immédiatement la piste, et rejoignez le point d'embarquement !
Le commandant de bord fit part immédiatement de l'ordre de la tour de contrôle à « *Al-Nazmyr* ».
Celui-ci entra dans une rage folle et décida de passer outre les injonctions de la tour de contrôle.
— Commandant ! Décollez immédiatement !
— Mais Votre Altesse, nous n'avons pas l'autorisation.
— Ne discutez pas ! Je veux cet avion en vol dans dix secondes ! C'est bien clair ?
Le commandant s'exécuta à l'instant et actionna le levier des gaz, et l'avion s'élança à pleine puissance sur la piste. Au bout de six cents mètres, il quitta la terre ferme et entama sa fulgurante ascension.
Pour Luna, c'était la fin, oui, la fin de sa belle et insouciante vie, la fin de son monde, la fin de ses rêves.
Sa vie défilait soudain comme le paysage de la ville à travers du hublot.
Rien ni personne ne pouvait désormais rien pour elle, s'en était fini de tout ce qu'elle avait vécu jusqu'alors.
Dans la tour de contrôle, c'était la stupéfaction la plus totale.
— Tour de contrôle ! Tour de contrôle ! Ici PhD. Commandant du S3-TLK, que faites-vous ?

Interrompez immédiatement votre vol et entamez votre manœuvre d'approche pour atterrir, vous devez regagner l'aéroport sans le moindre délai !
L'A320 ne répondit pas et continua sa fulgurante montée, ignorant les incessantes sommations du contrôleur.
La police fit irruption dans la salle de contrôle.
— Que se passe-t-il ? Interrogea l'officier.
— Commandant, l'Airbus vient de décoller sans notre autorisation et il ne répond plus à nos appels.
— Merde ! Merde ! C'est quoi ce bordel ?
« *Matesco* » consulta quelques instants les agents d'Interpol qui l'accompagnaient, puis il sortit son mobile et appela le ministre de la Défense et lui fit part de la grave situation.
Celui-ci contacta le Président et ils décidèrent de faire intercepter l'A320.
Le ministre avertit immédiatement la Base Aérienne militaire « *Constanta* » située près de la mer Noire.
Deux F16 décollèrent instantanément pour intercepter le délictueux aéronef.
Quinze minutes après, ils rejoignirent le fuyard, qui ne répondait toujours pas aux appels radio des militaires.
Les deux F16, par des incessantes manœuvres d'intimidation, finirent par raisonner le commandant de bord et l'obligèrent à les accompagner.
À bord de l'avion, le cheikh était furieux. Il entra dans une indescriptible et furieuse colère.

Luna ne savait pas ce qui se passait, elle avait bien aperçu les deux avions militaires s'approcher de leur appareil, mais elle ignorait quelle en était la raison. Peut-être un incident, pensa-t-elle morte d'inquiétude.

Cependant, voyant l'attitude exaltée et colérique « d'Al-Nazmyr », elle se mit à espérer.

Et si par bonheur, ils étaient en train de faire demi-tour, Luna s'affaira avec une certaine euphorie, à cette idée qui la faisait revivre et retrouver un tant soit peu d'espoir.

À peine une demi-heure après, l'avion atterrissait à l'aéroport de Bucarest.

Elle n'en croyait pas ses yeux. Même si elle ignorait la raison de ce retour, son cœur battait à cent à l'heure.

Elle exulta lorsque l'avion s'immobilisa et que les policiers envahirent le luxueux appareil et s'empressèrent d'interpeler le cheikh, furieux et menaçant.

Les fonctionnaires arrivèrent jusqu'à Luna et l'invitèrent à les suivre.

Pour elle, c'était la délivrance. Elle sentit dans son plus profond intérieur que ces personnes étaient là pour l'aider et pour la délivrer, son supplice allait prendre fin.

Dans les dépendances de l'aéroport, elle fut reçue par l'Ambassadeur d'Allemagne et rapidement conduite à la chancellerie où l'attendait Karla.

LE PIÈGE

Les retrouvailles avec sa sœur, furent une véritable apothéose entre rires et larmes de bonheur.

Luna ne pouvait pas croire ce qu'elle était en train de vivre, elle se trouvait de nouveau dans les bras de Karla, et elle ne tarderait pas à retrouver ses parents et ses amis, c'était quelque chose qu'elle avait déjà complètement exclu de son existence et à laquelle elle ne pouvait plus jamais prétendre. Pourtant, tout était de nouveau possible, elle était revenue à la vie, à sa vie.

36

Grâce aux informations fournies par Luna, en quelques jours, le vrai empire de « *Traian Lupesco* » fut démantelé et ses principaux locaux comme le « *Lutetia* » et le « *Pretty* » furent fermés, et on interpela les deux fugitifs « *Berbec et Russesco* » qui finirent incarcérés par la justice roumaine en attendant leur extradition en Allemagne.

Quant à « *Al-Nazmyr* », il fut prié de quitter le pays avec toute sa suite, dans les plus brefs délais.

L'étroite collaboration des polices allemande et roumaine ainsi que des agents d'Interpol, sans oublier l'appréciable et inestimable concours de Karla et Luna contribuèrent à conclure avec succès la vaste et crapuleuse affaire.

Dans les jours qui suivirent, les deux sœurs purent regagner Berlin et revoir leurs parents.

Leur vie allait pouvoir reprendre son cours normal. Luna et Karla retrouvèrent leurs amis et leurs activités avec le plus grand bonheur.

Malgré cette abominable et perfide aventure, les sœurs Meyer demeurèrent joyeuses et confiantes en leur souriant avenir.

37

Épilogue

Un beau matin, à Berlin, près « *d'Alexanderplatz* » le téléphone retentit au domicile de la famille Meyer. Mathilda l'employée de maison décrocha le combiné.
— Allô oui ? Appartement des Meyer !
— Bonjour ! Pourrais-je parler à Luna Meyer s'il vous plait ?
— Oui, une seconde, patientez, je vais la chercher ! Mademoiselle Luna ! C'est pour vous !
La jeune fille arriva rapidement et prit le téléphone.
— Oui allô ? C'est à quel sujet ?
— Êtes-vous Luna Meyer ?
— C'est moi-même !
Nous aimerions vous voir pour un casting, nous vous avions déjà contacté il y a quelques mois, mais vous n'avez pas donné suite, nous serions vraiment très

LE PIÈGE

intéressés par votre candidature, pour un rôle dans une série. Nous avons vu votre « *book photo* » et vous avez retenu l'attention du producteur.
Êtes-vous intéressée pour passer un casting ? Vous pouvez jouer un rôle dans notre série !
— Oh ! Bien entendu !
— C'est parfait !
— D'accord ! C'est à quelle adresse ?
C'est au « **31B** » Schonefelder Str.

FIN

LE PIÈGE

Du même auteur

En Français

— **Notre petite Maison dans la Prairie**
(Récit autobiographique)
— **Les dessous de Tchernobyl**
(Roman)
— **Le Piège**
(Roman)
— **Amitiés singulières**
(Amitiés Amour et Conséquences)
(Roman)
— **Nature**
(Récit)
— **La loi du talion**
(Roman)
— **Le trésor tombé du ciel**
(Román)
— **Prisonnier de mon livre**
(Récit)
— **Sombres soupçons**
(Roman)
— **Strasbourg Banque & Co**
(Roman)
— **Mes amis de la Lune**
(Achronie)

Biographie :

Jose Miguel Rodriguez Calvo
né à « San Pedro de Rozados »
Salamanca (Castille) Espagne
Double nationalité franco-espagnole
Résidence : France

Del mismo autor

Publicaciones en Español

— **Perdido**
(Novela)
— **Tierra sin Vino**
(Novela)
— **El tesoro caído del Cielo**
(Novela)
— **Secuestro en Salamanca**
(Novela)
— **Mercado negro en la costa blanca**
(Novela)
—**Naturaleza**
(Relato)

Biografía:

Jose Miguel Rodriguez Calvo
Natural de « San Pedro de Rozados »
(Salamanca) España
Doble nacionalidad hispanofrancesa
Residencia: (Francia)

Aparté

Une petite page de philosophie pour les amateurs.
Quelques-unes de mes dernières Citations.

Citation : 02/février/2018
« Des différences et contradictions naît la vérité »

Citation 03/mars/ 2018
« L'important n'est pas d'atteindre le but, mais la façon d'y parvenir »

Citation 14/ mars/ 2018
« Il est Inutile de chercher le bonheur c'est lui seul qui peut vous trouver »

Citation 15 /mars/ 2018
« Nos instants passés sur terre, ne sont que les coulisses de notre vraie vie »

Citation 28/mars/2018
« On dit que dans la vie le train ne passe qu'une fois, mais attention il ne va pas toujours dans la bonne direction »

Citation 06/avril/2018
« Si l'on considère que les épreuves renforcent, on doit aussi admettre que les efforts éprouvent »

Citation 07/04/2018
« Le travail ne tue pas, mais il te conduit peu à peu vers son couloir »

Citation 08/avril/2014
« Souvent les apparences que l'on vous présente comme des certitudes, ne sont que des avides illusions de la réalité »

Citation 11/04/2018
« Peu importe qui t'a conçu, seuls ceux qui t'aident à édifier ta vie au quotidien sont tes vrais parents »

jose miguel rodriguez calvo